HARTER STOFF

jürgen benvenuti

harter stoff

kriminalroman

Deuticke

See me walking with a gun in my hand,
see me walking with a gun in my heart, loaded!

Henry Rollins

EINS

Gott sagte: »Na, na mein Sohn, übertreibst du jetzt nicht ein bißchen? So schlecht ergeht es dir doch im Moment gar nicht, daß du dich so beklagen müßtest.«

Gott war offensichtlich kein guter Zuhörer. Ich leierte die Story von der Ödnis meines Lebens nochmals runter, und diesmal schien Gott zu verstehen. Gütig strahlte er mich an und versicherte mir, daß sich von jetzt an alles zum Guten für mich wenden würde.

Damals wußte ich noch nicht, daß Gott ein Lügner ist.

Als ich am nächsten Morgen aufwachte, pochte mein Schädel lauter als die Preßlufthämmer vor meinem Fenster. Fragmentarische LSD-Reste lösten immer noch rauch- und feuerschwangere Erdbebenfantasien in meinem Großhirn aus. Ich hasse diese Nebenwirkungen von acid, war aber wieder mal reif für eine kleine Audienz bei Gott gewesen; ein vertrauliches Gespräch unter vier Augen sozusagen.

Ich hievte mich aus meinem flauschigen Bett und ging zum Fenster. Auf der anderen Straßenseite standen buntgekleidete Frauen und warteten auf ihre Kinder, die wenig später mit viel Geschrei aus der Volksschule stürzten. Ein Blick nach rechts: in der Wiedner Hauptstraße herrschte der übliche Verkehr; Autos, Taxis, Motorräder, Mofas und ab und zu eine Straßenbahn. Links die Leibenfrostgasse. Ruhig, nur ab und zu mal ein Bus der Linie dreizehn A.

Mit brummendem Schädel ging ich zurück zum Bett. Ich war noch nicht ganz runter von meinem Trip und brauchte eine kleine Landehilfe. Ich wühlte in der Nachttischschublade und holte eine Zigarette, langes Papier und einen Haschklumpen heraus. Mit geübten Handgriffen hatte ich in wenigen Minuten einen Joint zusammengebastelt.

Ich legte mich ins Bett, inhalierte den Rauch in langen Zügen und starrte an die Decke. Außer ein paar langweiligen Rissen und Wasserflecken gab es nichts zu sehen. Durch das gekippte Fenster drang Straßenlärm vermischt mit Kindergeschrei ins Zimmer.

Ich bohrte den Jointstummel gerade in einen mit gräulicher Erde gefüllten Blumentopf, als das Telefon läutete. Zwölf Uhr; es konnte niemand sein, der mich kannte, außer er wollte mich absichtlich nerven. Ich streckte mich und angelte das Telefon vom Nachttisch.

»Ja?« murrte ich in den Hörer.

»Ich bin's, Mann, der Doktor. Wollte nur mal kurz anrufen und schauen, wie's so geht.«

Der Doktor ist mein Dealer. Er ruft alle paar Wochen mal an, um zu schauen, ob ich was brauche. Ich brauche in letzter Zeit nicht mehr so viel.

»Hättest du damit nicht noch ein bißchen warten können?« fragte ich. »Es ist knapp zwölf durch, wie du sicher weißt, also praktisch noch Morgendämmerung. Du raubst mir meinen Schönheitsschlaf. Willst du, daß ich mal so aussehe wie du?« Ich regte mich ein bißchen künstlich auf.

»Mach mal halblang, Jochen. Begrüßt man so einen alten Freund, noch dazu den, der dich immer mit Bonbons eindeckt?«

»Bonbons nennst du das? Als ich vor zwei Wochen einen deiner Trips geschmissen habe, war ich zehn

Stunden in der Hölle. Hast du den Chemiekasten deines kleinen Bruders geplündert?«

Wieder eine Detonation in meinem Schädel. Ich wälzte mich im Bett hin und her, strich mir die Haare aus dem Gesicht und zog die Decke weiter rauf.

»Tut mir leid, Mann«, sagte der Doc. »Ich hab nicht gewußt, daß die Qualität so schlecht war. Die Quelle in Amsterdam ist momentan versiegt, weißt du. Hab auf Ostblockware zurückgreifen müssen. Du kennst ja das Zeug, ist immer so 'ne halbe-halbe Partie. Hast eben mal Pech gehabt, Mann. Hast aber was gut bei mir, Jochen, okay?«

Der Doktor ist der einzige, der mich Jochen nennt. Für alle anderen bin ich Jerry. Jerry, der acidhead. Jerry, das Relikt einer längst vergangenen Drogenära, als die Freaks noch lange Haare hatten, Gott *Jerry Garcia* hieß und der himmlische Chor *Grateful Dead*.

Im Jahre Vierundneunzig war acid out, shit machte einen ähnlich hohen Umsatz wie *Philip Morris* und wer noch nie was mit Heroin zu tun gehabt hatte, wurde in der Szene belächelt.

»Kannst du langsam mal zum Punkt kommen?« fragte ich. »Ich hab schließlich noch was anderes zu tun.« Alter Managertrick.

»Nicht so hitzig, Mann, ganz cool. Ich hab dich angerufen, weil wieder 'ne neue Lieferung *Blue Dragons* eingetroffen ist. Direkt aus Amsterdam. Die schießen dir das Gehirn bis zum Jupiter, Mann.«

Ich setzte mich auf, zog das Telefon rüber und stellte es auf meine angewinkelten Knie. Ein Hupen, dem gleich darauf ein scharfes Bremsquietschen folgte, war von der Straße her zu hören. Das Schlachtfeld Straße in voller Aktion.

»Ist das wieder so ein Ostblockdreck, oder stammt das Zeug zur Abwechslung mal wirklich aus dem guten alten Holland?« fragte ich.

»Aber sicher doch, Mann. Du kannst diesmal ganz beruhigt sein«, sagte er. Er klang so charmant wie ein Hobbyzuhälter aus dem fünfzehnten Bezirk, der auf der Hütteldorfer ein paar abgetakelte Nutten laufen hatte, die den LKW-Fahrern für zweihundertfünfzig einen bliesen.

»Okay«, sagte ich. »Wieviel hast du, wieviel willst du?« Wieder eine Detonation. Ging mir langsam auf die Nerven, diese Knallerei.

»Wieviel ich hab, Mann?« schnaubte der Doc. »Ich hab soviel Papier, daß man 'nen Roman drauf schreiben könnte.« Ich hörte, wie er irgendetwas trank. »Ich kann dir zehn für achthundert oder zwanzig für vierzehnhundert geben.«

»Du solltest Komiker werden, Doc«, riet ich ihm. »Zehn für achthundert? Die besorg ich mir in der Kettinger billiger.«

Ich stieg aus dem Bett und ging wieder zum Fenster, das Telefon in der linken Hand. Ein rotes Golf Cabrio, aus dem *Wild Boys* von *Duran Duran* in voller Lautstärke dröhnte, bog eben in die Wiedner Hauptstraße ein. Zwei Sekunden später war der blonde Haarschopf des Fahrers verschwunden.

»Jochen, komm mir doch nicht so«, sagte der Doc, wieder ganz der Charmeur. »Du weißt genau, daß die Trips von der Kettenbrückengasse nichts anderes sind als in Hundepisse getränktes Klopapier. Mein Zeug dagegen ist echte Qualitätsware. Made in the Netherlands, Mann.«

»Hör mal, Doc«, sagte ich, »du weißt doch, wie's

läuft. Du hast mich angerufen, um mir was zu verhökern, also sitz ich am längeren Ast. Tu uns beiden 'nen Gefallen und mach mir 'nen vernünftigen Preis. Ich möchte auch in Zukunft dein Kunde bleiben, wenn du verstehst, was ich meine.«

Eine knapp zwanzigjährige Blondine mit schon fast ungesund wirkender Oberflächenspannung ihres T-Shirts betrat das Postamt gegenüber. Junge, Junge.

»Du solltest es mal mit Meditation versuchen«, riet er mir, »das entspannt echt. Ich steh im Moment total auf Zen, bin viel ruhiger dadurch geworden. Würde dir vielleicht auch ganz gut tun.«

Meditation und Zen. Banker hatten ihre Börsenseminare, Dealer standen offenbar mehr auf Fernöstliches. Auch eine Art Ausbildung. Ein Dealer, der nicht hundertprozentig cool war, würde sich nicht lange halten. Entweder zehn Jahre oder eine Gesichtskorrektur Marke Stahlkappenstiefel.

»He«, sagte ich, »ich dachte, du würdest mir noch einen Gefallen schulden wegen dem Ostblockkram, mit dem du mich vergiftet hast. Wie wär's mir zehn für sechshundert?«

Stille.

»Von mir aus«, sagte der Doc gequält. Dann energischer: »Aber nur dieses eine Mal, hast du mich verstanden, Jochen? Und, halt deine Klappe, wenn dich jemand nach dem Preis fragt, sonst bin ich als seriöser Geschäftsmann abgeschrieben, Mann!« Jetzt klang er etwas erregt. Anscheinend war er noch ein Meditationsanfänger.

Ich ging zum Nachttischkästchen und setzte mich drauf. Es schwankte leicht unter meinem Gewicht.

»Okay, wann und wo können wir uns treffen?«

»Da richte ich mich ganz nach dir«, meinte der Doc großzügig. »Du weißt ja, der Kunde ist bei mir König und so weiter.«

In seinem früheren Leben hatte der Doktor Jus und Handelsrecht studiert, bis ihn die Bekanntschaft mit einem experimentierfreudigen Chemiestudenten zu einer etwas vereinfachteren Form von Angebots- und Nachfragetheorien geführt hatte.

Es war so einfach wie es klang: ein paar Glasgeräte aus dem Laborbedarf, Chemikalien für knapp fünfhundert Schilling und ein Rezeptbuch aus dem Uni-Labor. Für fast jedes chemische Produkt gibt es ein Rezept und für einen höhersemestrigen Chemiker ist es kein Problem, LSD herzustellen. Für knapp zweieinhalbtausend Schilling Materialkosten, den ganzen Glaskrempel miteingerechnet, bekommt man ungefähr hundert Gramm Säure. LSD wirkt in Dosierungen von tausendstel Gramm. Der Profit des kreativen Duos war dementsprechend hoch.

Der Doktor konnte den Hals jedoch nicht vollkriegen und wollte die Produktion in, wie er sagte, *exorbitante Höhen* treiben.

Genau das passierte dann auch. Das ganze Labor samt Chemiker flog in exorbitante Höhen, Sachschaden mehrere hunderttausend Schilling, dazu eine verkohlte und mit Glassplittern gespickte Leiche nebst polizeilichen Untersuchungen an der Uni.

Diesen Einkommenszweig hatte sich der Doc gründlich vermasselt. Von da an ging er es etwas gemütlicher an. Er hatte einen ganzen Haufen Kohle auf der Seite und überdies die richtigen connections in der Szene; und die waren fast wichtiger als Geld.

Seit einigen Jahren schon unterhält der Doc eine

ausgesuchte Klientel mit Koks, speed, acid und H. Seiner paranoiden Vorsicht und seiner mühsam bezähmten Gier hat er es zu verdanken, daß er noch nie geschnappt worden ist, ja noch nicht einmal vorgeladen oder verhört. Für die Bullen ist der Doc ein gesetzestreuer Bürger, der pünktlich seine Steuern zahlt, der vor alten Damen und kleinen Kindern bremst, wenn sie über die Straße wollen, und der sein Einkommen offiziell aus Marketingseminaren bezieht. Dabei handelt es sich allerdings nicht um Höhenflüge an der Börse, sondern um solche in die Peruanischen Alpen mittels der *Snow Air Lines.*

Wir hatten uns vor Jahren auf der Uni kennengelernt, genauer gesagt auf einem Unifest, beide schon ziemlich betrunken, uns dann für einige Zeit aus den Augen verloren, weil ich mein Völkerkundestudium geschmissen hatte. Wir waren uns zufällig an einem eisigen Februarabend am Praterstern wieder begegnet. Seither läßt er alle paar Wochen mal von sich hören und dreht mir meistens guten Stoff an.

Ich ließ mich aufs Bett runterfallen.

»Wie wär's, wenn wir uns am Karlsplatz treffen?« schlug ich vor. »Sagen wir um fünf, Ausgang Oper?«

»Meinetwegen«, sagte der Doc, »mir soll's recht sein. Wie gesagt, Kunden, Könige und so weiter.«

Der Karlsplatz ist der bekannteste Drogenumschlagplatz in Wien. Es wimmelt dort immer von Bullen, aber wenn die U-Bahnschächte um fünf die Arbeitszombies gleich hordenweise ausspeien, gehen ein Mittzwanziger in Anzug und Krawatte sowie ein leicht vergammelter Mittzwanziger mit grauem Gesicht, Jeans und Turnschuhen problemlos in der Masse unter.

»Okay, bis um fünf«, sagte ich. »Und vergiß deine Meditation nicht.« Würde mich nicht wundern, wenn er mit 'nem Bogen auftauchen würde, um dem Zen-Geist nahe zu sein.

Ich legte den Hörer auf, stellte das Telefon auf den Boden und kroch zurück unter die Bettdecke. Es war knapp eins vorbei, ich hatte also noch über drei Stunden Zeit. Ich suchte die Fernbedienung für die Stereoanlage unter meinem Bett, fand sie zwischen Staub, angelesenen Büchern, alten Zeitungen und Kondomverpackungen, richtete sie wie eine Waffe auf die Anlage und drückte die Play-Taste. *Page Hamilton* malträtierte seine Gitarre und brüllte manchmal dazwischen, daß irgend jemand besser tot wäre. *You better die!* Ich dachte an die Horden von Arschlöchern, die ich kannte, und murmelte Textfragmente vor mich hin, den CD-Player auf Wiederholung gestellt.

Nach etwas mehr als drei Stunden unruhigen Schlafes stand ich auf. Es war kurz vor halb fünf. Ich lief in Boxershorts in die kleine Waschnische, spritzte mir ein paar Tropfen kalten Wassers ins Gesicht, putzte mir die Zähne und ging zurück ins Zimmer. Ich zog die Schublade des Nachttischkästchens auf und kramte nach ein bißchen speed. Ich war immer noch ziemlich müde, und träge Synapsen konnte ich mir bei meinem Deal nicht leisten.

Ich hätte gerne in den Sechzigern gelebt. Da konnte man sich sein speed ganz legal in der Apotheke kaufen. Außerdem wußte man, wenn Benzedrin draufstand, war auch Benzedrin drin. Sartre mußte seinerzeit wohl die halbe Produktion in Frankreich verbraucht haben.

Heutzutage gibt's das Zeug in Pillen- oder Pulverform, meist aus dem Ostblock. Eine oder zwei lines genügen, um einen für achtundvierzig Stunden oder länger das Bett für einen nutzlosen Einrichtungsgegenstand halten zu lassen. Nicht nur, daß man kein Auge zukriegt, nein, man bekommt auch keinen mehr hoch, und wenn doch, hat er allerhöchstens Attrappenfunktion, denn raus kommt mit Sicherheit nichts.

Ich genehmigte mir eine halbe line, verstaute den Rest des speeds wieder in der Schublade und suchte mir ein paar Klamotten zusammen, die friedlich auf dem Fußboden lagen. Fast weiß gewaschene Jeans, ein enges schwarzes T-Shirt mit *Harley Davidson*-Emblem auf der Brust, Tennissocken und arg lädierte Leinenturnschuhe, die früher mal blau waren. Ich machte mir noch schnell eine Tasse Kaffee, Nescafépulver mit warmem Leitungswasser, und trank die Hälfte davon. Den Rest schüttete ich in den Ausguß; es schmeckte einfach eklig. Hunger hatte ich keinen; auch ein Vorteil von speed, man mußte sich nicht diese lebenden *Deix*-Karikaturen in *Hofer*- und *Mondo*-Märkten antun, wenn man einkaufen ging.

Um zwanzig vor fünf verließ ich meine Bude, ging die drei Treppenabsätze runter, die nach billigem Essen rochen, und machte mich auf den Weg zur Straßenbahnhaltestelle, die gleich um die Ecke war.

Der Zweiundsechziger kam nach ungefähr drei Minuten. Ich schaute mich kurz um, von wegen Schwarzkappler[*)] und so, stieg dann ein und setzte mich ans Fenster. Während die Bahn Richtung Karlsplatz ruckelte, beobachtete ich die Leute auf der Straße. Sie

[*)] Kontrollorgan der Wiener Verkehrsbetriebe

bewegten sich wie von unbekannter Hand gelenkte Roboter. Die meisten von ihnen sahen nicht viel anders aus als die Schaufensterpuppen, die sie so ausgiebig und mit fast religiöser Ehrfurcht anstarrten. Vielleicht etwas ungesünder.

Am Karlsplatz stieg ich aus. Ich tauchte hinab in den U 2-Zugang, ging unter dem ganzen Platz hindurch und blieb vor dem U 1-Zugang stehen. Es war zwölf Minuten vor fünf, wie ich von einer ungefähr vierzehnjährigen Stricherin erfuhr.

Ich schlenderte zu einem der vielen Zeitungsverkäufer, die ihr Angebot direkt auf dem dreckigen Boden ausgebreitet hatten, und blätterte die Pornohefte durch. Nicht, daß ich keine echten Miezen bevorzuge, aber es gibt Zeiten, da erntet man für jedes spendierte Bier und jedes halbwegs ernstgemeinte Kompliment nur ein saures Lächeln und einen Spruch aus *Emma*. Harte Zeiten. Zeiten, in denen ich, ohne allzu rot zu werden, auf eine tragbare Orgasmusgarantie zurückgreife.

Akif, der Verkäufer, den ich schon ziemlich lange kenne, läßt mich die Fleischeslust auf Hochglanz immer ziemlich ausgiebig betrachten, ohne mir gleich einen bösen Blick und ein »Erst zahlen, dann spritzen!« zuzuwerfen.

Die neueste Nummer von *Anal Sex* brachte nichts mehr, das mich noch sonderlich beeindruckte. Ich legte das Heft zurück und schnappte mir die *Kronen Zeitung*, überblätterte die ersten fünf Seiten und betrachtete die Nancy, Cindy oder Lucy des Tages. Ein kurzer vergleichender Blick zum Titelblatt des *Playboy*: nicht viel Unterschied, nur daß der *Playboy* farbig war.

»Wenn du willst, nimm eines mit«, sagte Akif und deutete auf die Hefte. Trotz warmen Wetters trug er einen großen roten Anorak, der an seinem kleinen und dünnen Körper herabhing wie ein gefärbter Kartoffelsack, und hielt seine Glatze mit einer Schimütze bedeckt. Sein wallender, von grauen Strähnen durchzogener Bart war struppig und verfilzt wie eh und je.

»Nun hab dich nicht so«, drängte er weiter. »Geschenk für einen alten Freund.« Der Rauch seiner immer brennenden Zigarette kräuselte links an seinem Blumenkohlohr vorbei.

»Danke, Akif«, sagte ich, »aber so nötig hab ich's im Moment nicht.« Sehnsüchtig starrte ich auf seine Kippe.

Geschenk für einen alten Freund. Ich mußte grinsen. Alter Freund war nun doch eine leichte Übertreibung. Es hätte nicht viel gefehlt, und Akif wäre eine Leiche gewesen, und ich einer seiner Sargnägel.

Damals.

Damals kannte Akif die Szene und deren Regeln noch nicht. Er hatte die hirnrissige Idee gehabt, beim großen Dopespiel etwas mitzumischen, und zwar auf eigene Faust. Unglücklicherweise suchte er sich für seinen Start ins neue Berufsleben Doc's Gebiet aus. Der Doc, sonst ganz der Gentleman und Charmeur, konnte das natürlich nicht zulassen, wollte er weiterhin die unangefochtene Nummer Eins am Karlsplatz sein. Er wollte.

Damals hatte ich noch eine enge Beziehung zu meiner Spritze. Eine sehr kostspielige Angelegenheit, aber der Doc sorgte dafür, daß der Kolben nie lange leer blieb. Er war ein großzügiger, aber auch sehr berechnender Geschäftsmann und ließ sich manchen

Schuß mit speziellen Gegenleistungen bezahlen. Ein nagelgespickter Baseballschläger an einem ruhigen und lauschigen Plätzchen mehrmals sanft gegen ein Schienbein geschwungen, brachte die meisten Kleindealer, die vom Expansionsfieber befallen waren, wieder zur Vernunft.

Damals war es auch meine Aufgabe gewesen, Akif mit dieser noch eher harmlosen Methode zu überzeugen, daß der Drogenhandel vielleicht im Dreiundzwanzigsten noch nicht in festen Händen war, daß er, Akif, aber rund um den Karlsplatz nichts zu suchen hatte, falls er Dope verdealen wollte.

Damals war ich etwas später im Behandlungszimmer als die anderen Helfer vom Doc, und alles sah schon verdammt nach einer Behandlung Marke Solingen aus. Ich konnte die Typen im letzten Moment davon abhalten, Akif die Haut in leicht transportierbare Streifen zu schneiden. Akif hatte nur einen kleinen Schnitt unter dem Kinn abbekommen und betrachtete mich seit damals als Lebensretter und Freund. Jedesmal, wenn wir uns sehen, grinst er mich an und reibt sich die Narbe. Ich habe ihn noch nie ohne die *A 3 ohne Filter* im linken Mundwinkel gesehen.

Seit dieser Aktion trete ich etwas kürzer. Unter den verfluchtesten Schwierigkeiten, die man sich vorstellen kann, habe ich es geschafft, von der großen sanften Dame H wieder loszukommen. Es waren wirklich erbärmliche und jämmerliche Monate gewesen, die ich, ohne stark zu übertreiben, fast durchgehend kriechend durchgestanden hatte. Aber ich war hart und konsequent geblieben. Der letzte Schuß ist über ein Jahr her, kein Sniffen und kein Rauchen mehr. Ab und zu mal acid zum Ausspannen, ein paar gemütliche Joints und manchmal ein bißchen speed, wenn ich voll da sein mußte. Ansonsten bevorzuge ich mittlerweile das ruhige Leben in meiner kleinen Garçonnière im vierten Bezirk, lese schwerverständliche postmoderne Franzosen, die im Moment sehr in sind, und will einfach nur meine Ruhe haben. Das neun Monate lange Ziegelschleppen auf einer Baustelle hatte sich insofern gelohnt, als ich mit meiner Arbeitslosenunterstützung halbwegs über die Runden kam. Wenn ich meine Situation mit einem Wort beschreiben müßte, würde es *halbwegs* sein. Halbwegs zufrieden, halbwegs Kohle.

Inzwischen war es fünf Uhr geworden. Ich verabschiedete mich von Akif, schielte noch mal gierig auf seinen Glimmstengel und ließ mich von der Rolltreppe nach oben zum Ausgang Oper tragen.

Ich steckte mir die Sonnenbrille ins Gesicht, schlängelte mich durch Horden wiengeiler Japaner, die alle mit *Nikons* und *Nikes* bewaffnet waren, und setzte mich auf eine niedere Mauer, die von Touristen, Pennern und Studenten belagert war. Eine gar nicht zaghafte Maisonne brannte auf mein blasses Gesicht. Ich legte den Kopf in den Nacken und blinzelte den sporadischen Schäfchenwolken zu, die im blauen Himmel klebten wie Spermaflecken.

Der Doc kam knapp nach fünf. Er trug einen grauen Anzug, trotz der Hitze, eine dezent gemusterte rosa Krawatte und hatte die langen schwarzen Haare zu einem Pferdeschwanz zurückgebunden. Das Sonnenlicht fing sich in einem winzigen Brillantring, der durch sein linkes Ohrläppchen gebohrt war.

Er schnippte seine Zigarette mit einer eleganten Handbewegung auf eine Taube zu, aber die Wiener

Tauben sind abgehärtet, denn sie flatterte nicht davon, sondern stürzte sich auf die noch brennende Kippe und ließ sie mit einem Schnapp in ihrem gierigen Schnabel verschwinden.

»Ekelhafte Viecher«, sagte der Doc, auf die Tauben deutend. »Die reinsten Müllschlucker. Man sollte mal 'nen Schwarm Wiener Tauben nach Kärnten schikken, da könnten sie fressen bis zum Umfallen, vor allem in der Nähe gewisser Parteilokale.«

Er schaute sich ein bißchen um, wegen der Bullen und so, sah dann mich an und sagte:

»Hör mal, du erwartest doch nicht, daß ich mich hier auf diese Mauer setze, die diese Mistviecher seit Jahrhunderten vollkacken. Die Säure würde glatt meinen neuen Anzug auflösen, Mann!« Er fummelte mit besorgtem Gesicht an seinem Maßzwirn herum.

Ich stand auf und klopfte mir den Taubendreck von den Jeans. Kein Loch drin, soweit ich das auf die Schnelle feststellen konnte.

»Von mir aus können wir uns in ein Kaffeehaus setzen«, meinte ich. »Wie wär's mit dem *Hawelka*?« Hoffentlich hatte ich nicht das Pech, dort auf John Irving zu treffen. Gott bewahre!

»Bist du vollkommen bescheuert, Mann? Da wimmelt's um diese Zeit nur so von italienischen und japanischen Touristen. Der einzige Platz, den wir da bekommen, ist das Fensterbrett. Gehen wir runter und lassen uns mit Spezialitäten von *Köstli* verwöhnen, okay?«

»Von mir aus«, gab ich mich geschlagen. Blieb mir wenigstens eine potentielle J. I.-Begegnung erspart.

Die *Köstli*-Fastfoodkette ist essensmäßig so ziemlich das Letzte in Wien, und die Spezialitäten sind ungefähr so speziell wie eine Pizza mare an der italienischen Küste. *Köstli*-Schuppen gibt es an allen großen U-Bahnknotenpunkten und können eine ausgesuchte Klientel von Pennern, Junkies, Dealern, minderjährigen Nutten und Strichern ihr eigen nennen. Aber immerhin ist es auch preismäßig das Billigste in der Stadt.

»Hast du heute deine Spendierhosen an?« fragte ich.

»Ich hör hier immer spendieren. Wer hat denn was von Spendieren gesagt? Ich bin dein Dealer, nicht dein Liebhaber. Wenn du was essen willst, kauf dir was. Von deinem Geld!« Er bohrte mir seinen manikürten Zeigefinger ins Gesicht.

Was für ein Herzchen.

Wir gingen zur Theke und huschten mit den Augen die Speisekarte einmal rauf und runter. Eines hatten alle Gerichte gemeinsam. Sie bestanden alle zu neunzig Prozent aus Fett. Frittierte Pommes, frittierte Hühnerschenkel, fettige Würstchen mit Senf, fettige Würstchen mit Senf und Ketchup in einem matschigen Baguette.

Richtige Aufbaunahrung. Wenn man Sumoringer werden wollte.

Ich kramte in meiner Hosentasche herum und förderte einen Fünfer, vier einzelne Schillinge und zwei Fünfziggroschenstücke hervor. Natürlich hatte ich noch die Sechshundert, aber die waren ja schon für's dope reserviert.

»Einmal Pommes«, sagte ich.

Der mittelalterliche Typ mit den fettigen blonden Haaren, der geschäftig hinter der Theke herumeilte, nahm die Münzen und ließ sie in die Kassa fallen.

Vorher zählte er zweimal nach; er kannte schließlich seine Kunden.

»Ich hätte gerne zwei frittierte Hühnerschenkel, einen Hot Dog und dazu 'ne schöne kalte Cola«, sagte der Doc. Mein Magen krampfte sich instinktiv zusammen. Rein prophylaktisch.

Der Doc legte einen Fünfhunderter auf die schmierige Theke und packte sich beide Hände mit den Fettschwämmen voll. Er sah aus wie ein Altölentsorger.

»Der Rest ist für dich«, sagte er zum Kassierer und deutete mit seinem markanten Kinn auf den Schein. »Mach dir 'nen schönen Abend damit, Mann.« Der Doc wußte, wie man kleine Fische bei der Stange hielt. Kleine Gefälligkeiten für kleine Tips, aber zu wissen, wann in nächster Zeit 'ne Karlsplatzrazzia angesagt war, konnte unter Umständen verhindern, daß man für ein paar Jährchen gesiebte Luft atmete. Auch die Karlsplatzbullen aßen bei *Köstli*.

Ich nahm meine Pommes in Empfang, beäugte sie argwöhnisch und folgte dann dem Doc zu einem der fettverkrusteten Tische. Er zog ein Taschentuch aus seiner Sakkotasche, wischte damit den Stuhl ab und setzte sich.

»Hast du das Zeug?« fragte ich. Ich hatte meine Stimme gesenkt und ließ die Augen durch den Raum kreisen.

»He, Mann!« sagte der Doc wütend. »Wir sind hier nicht bei Glubschauge Derrick oder so. Red gefälligst normal mit mir und laß deine Augen auf deinen Pommes. Glaubst du im Ernst, die Bullen würden uns wegen lächerlicher zehn Trips beschatten oder hopsnehmen?«

Ich wollte einwenden, daß ja nur er und ich wußten, daß es sich nur um zehn Trips und nicht um ein Kilo H handelte, verkniff mir aber die Bemerkung. Der Doc wirkte sowieso schon ziemlich gereizt. Das mit der Meditation schien nicht so ganz zu klappen.

»Bist wohl zu lange nicht mehr in der Szene gewesen, was Mann? Wirkst leicht nervös.«

Er schob sich einen triefenden Hühnerschenkel zwischen die Zähne.

»Natürlich hab ich das Zeug«, fuhr er fort. »Oder glaubst du, ich komm hierher, weil das Essen so gut ist?«

Wenn ich ihm so zuschaute, wie er das fettige Zeug in sich hineinstopfte, konnte das durchaus eine ernstgemeinte Frage gewesen sein. In zehn Jahren, wenn sich sein Stoffwechsel langsam umstellte, würde er ein fetter, pickelrückiger Kloß sein, falls er dann immer noch die *Köstli*-Schuppen für seine Treffen auswählte.

Endlich war er fertig. Er wischte sich die Finger, wieder ganz der Gentleman, mit einem nach Kölnischwasser stinkenden Tuch ab und holte eine Schachtel *Davidoff* aus der Innentasche seines Sakkos.

»Okay, Mann«, sagte er ernst. »Nun zum Geschäftlichen.«

»Na endlich«, murmelte ich.

Der Doc nahm eine Kippe aus der Schachtel. Kurz blitzte ein goldenes Ding auf, das nach einem *Ronson*-Feuerzeug aussah, dann steckte die brennende Zigarette in seinem Mund. Er schob mir die Packung zu.

»Du weißt doch, daß ich nicht mehr rauche«, sagte ich energisch. »Seit genau dreiundvierzig Tagen.« Ich schob die Schachtel wieder zurück.

»Nimm diese verfluchte Schachtel!« knurrte der Doc. »Du sollst mir ja nicht meine teuren Kippen wegrauchen, sondern das verdammte Papier rausholen, Mann!«

Verdammte Meditationsanfänger! Waren immer gleich auf hundertachzig.

»Reg dich ab«, sagte ich. »Ich bin eben ein bißchen aus der Übung.«

Ich fuhr mit dem Zeigefinger vorsichtig hinter die zweite Zigarettenreihe und holte ein ungefähr fünf Quadratzentimeter großes Stück Papier heraus. Es war dunkelblau mit roten Kometenbahnen und gelben Sternen drauf.

»Blaue Drachen«, sagte der Doc, der sich offensichtlich wieder etwas beruhigt hatte. Er grinste mich an. »Die schießen dich aus der Erdumlaufbahn. Wirst sehen, Mann, kein Vergleich zu dem Ostblockdreck, den sie sonst hier überall verhökern.«

Ich erinnerte ihn nicht daran, daß er mir vor ein paar Wochen ebendiesen Dreck verkauft hatte.

»Und nun zum pekuniären Teil«, sagte er feierlich.

»Was?« fragte ich. *Was* ist immer eine gute Frage.

»Die Kohle, Mann, oder glaubst du, daß das Zeug hier ein Geschenk ist, weil wir heute den dritten Mai haben?« Er lehnte sich über den Tisch zu mir her. Ich konnte sein Rasierwasser riechen. Roch teuer.

Ich fischte die sechs Hunderter aus meiner Jeanstasche und schob sie über den Tisch. Der Doc zählte kurz nach und ließ die Scheine in seiner allesfassenden Sakkotasche verschwinden. Ich konnte mir vorstellen, daß er mit einem gebrauchten Taschentuch nicht anders umging.

»Okay, Mann«, sagte er und grinste mich zufrieden an. »Wenn du sonst noch was brauchst, weißt du ja, an wen du dich wenden mußt.«

Er deutete mit seinem manikürten Zeigefinger auf sich. Ungefähr auf seinen Krawattenknoten.

»Danke«, sagte ich, »aber mit dem hier«, ich deutete auf die Trips in meiner linken Hand, »ist mein Bedarf für die nächste Zeit gedeckt. Ich laß es im Moment etwas gemütlicher angehen. Nichts Hartes mehr.« Klang verdammt gut in meinen Ohren.

»Die sanfte Dame hatte dich wohl stark in ihren Bann geschlagen, was Mann? Ist nicht leicht, da wieder wegzukommen.« Er drückte seine Zigarette aus.

Doc, wem sagst du das?

»Tja, wenn sonst nichts mehr anliegt, werd ich mich mal wieder auf den Weg machen. Du weißt ja, Geschäfte, Kunden, Könige und so weiter.«

Er stand auf, steckte seine Zigaretten ein und strich sich die Haare zurück. Beim Rausschlendern knöpfte er sich das Sakko zu.

Ich schaute mich noch mal kurz um, Derrick-Paranoia hin oder her, steckte das Papier, das ich die ganze Zeit über in der Hand gehalten hatte, in meine Jeans und verließ diesen kulinarischen Tempel.

Auf dem Weg zur Straßenbahnhaltestelle wurde ich in den unterirdischen Gängen von den immer anwesenden Pennern um Geld angeschnorrt. Manche Penner trugen Klamotten von der Heilsarmee, andere welche von *Nike*, aber Kohle wollten sie alle.

Ich machte ein paar abwehrende Handbewegungen, deutete wie als Entschuldigung auf meine eigene Erscheinung – He Jungs, wir sitzen doch im selben Boot! – und fuhr mit der Rolltreppe wieder ans Tageslicht.

Die Sonne hatte ihre heiße Wut ein bißchen gezügelt, sie hatte sich hinter einigen gewitterträchtigen

Wolken versteckt. Ich ließ die Sonnenbrille im Sweatshirt-Ausschnitt hängen.

An der Station Johann-Strauß-Gasse stieg ich aus, ging ein paar Meter die Wiedner Hauptstraße entlang und bog dann rechts in die Phorusgasse ein.

Nummer neun ist ein häßlicher alter Gemeindebau, vollgestopft mit Bienenwaben-Garçonnièren, in denen Arbeiter und Studentengesocks hausen. Die Miete war zu bezahlen, die Nachbarn glänzten durch Aus-dem-Weg-Gehen, wenn man ihnen im Stiegenhaus begegnete, und das Außenklo war halbwegs sauber. Aber die Hauptsache war, daß ich eine Bude für mich allein hatte. Zwei Jahre in durchwegs chaotischen Wohngemeinschaften hatten mich zum heißesten Anwärter auf den Singlefanatikerthron gemacht.

Da ich vom speed immer noch verdammt wach war, trank ich gut einen Liter Kräutertee und genehmigte mir dazu einen Joint. Hunger hatte ich immer noch nicht.

Dann legte ich mich ins Bett und quälte mich durch das *Rhizom* von Deleuze/Guattari. Ich brauchte fast drei Stunden für verdammte vierzig Seiten und verstand trotzdem die halbe Zeit nur Bahnhof. Ich starrte noch ein bißchen die Risse und Flecken an der Decke an, versuchte einen Sinn in dem zu finden, was ich eben gelesen hatte, und schlief irgendwann gegen Mitternacht zutiefst verwirrt ein.

ZWEI

Das Gepolter von Mülltonnen, die mit viel Schwung über Gehsteigkanten geschoben wurden, weckte mich gegen halb elf auf. Ich wälzte mich ein Stück zur Seite, um der grellen Hitze des Sonnenflecks, der auf meinen Oberkörper projiziert wurde, zu entfliehen. Ich hatte immer noch Wortfetzen wie *Rhizom machen* oder *sei der rosarote Panther* im Kopf.

Noch halb vom Schlaf betäubt, angelte ich die Fernbedienung unter dem Bett hervor. Ich drückte die Play-Taste, und *Henry Rollins* brüllte mir ins Ohr, daß er eine geballte Faust wäre, bereit, die Wand zu küssen. Ich drehte etwas lauter, ließ die Musik im Zimmer umherfließen und stand schließlich auf.

Im Vorraum, der ungefähr die Größe eines Kinderbeichtstuhls hatte und gleichzeitig Küche, Bad, Abstellkammer und Empfangszimmer war, herrschte die übliche Unordnung. Feuchte, gammlig riechende Handtücher, Altpapier, Säcke mit Aludosen, Plastikfolie, Biomüll und Restmüll. Seit es in Wien das neue Mülltrennungsgesetz gab, machten die Tragtaschenhersteller den dreifachen Umsatz. Ich sah mir diese Sackversammlung an und fragte mich zum wiederholten Male: Wozu das Ganze eigentlich?

Ich schraubte die Glühbirne, die über dem Spiegel hing, ganz in die Fassung hinein, um ein bißchen Licht zu machen. Schalter gab es keinen. Dann schmierte ich mir das Gesicht mit Rasierschaum voll und suchte mein altes Rasiermesser unter einem Stapel gebrauchter Taschentücher. Ich hatte mir vor zwei Jahren auf dem Flohmarkt ein altes rostiges Ding mit Perlmuttgriff gekauft, das Messer dann schleifen lassen und unter unzähligen schmerzhaften Selbstversuchen gelernt, mit so einem Rasiermesser auch umzugehen.

Ich betrachtete argwöhnisch die Klinge und hoffte, daß sie nicht allzu stumpf war. Verdammt, Blut! Die erste feinfühlige Kontaktaufnahme zu meiner Haut hatte schon einen *special effects*-Charakter angenommen. Das Blut lief über mein rasierverschaumtes Gesicht wie ein angeschossener Hase über ein Schneefeld.

Ich wollte gerade zum Alaunstift greifen, um den Quell des roten Rinnsals trockenzulegen, als es an der Tür klingelte; und zwar draußen, nicht unten auf der Straße. Das konnte nichts Gutes bedeuten.

Ich schlang mir, immer noch nur mit Boxershorts bekleidet, ein Handtuch, das nach gammligem Thunfisch roch, um den Nacken und öffnete die Tür. Das Rasiermesser hielt ich immer noch in der rechten Hand.

Vor mir stand ein ungefähr ein Meter sechzig kleiner Mann, knapp vierzig Jahre alt, brauner Anzug, weißes Hemd, schwarze Krawatte, unförmige schwarze Bequemgeherschuhe. Die spärlichen Haarbüschel über seinen Ohren waren ungeschickt in die Mitte gekämmt.

»Ja?« fragte ich so freundlich wie eine Angestellte des Wiener Fremdenverkehrverbands, wenn der vierunddreißigste Familienvater aus süddeutschem Raum wissen will, ob es eine Gruppenermäßigung gibt.

»Ja, äh, Entschuldigung«, sagte der Mann. »Ich komme von der Post, genauer gesagt von der Rundfunkabteilung.« Schön für ihn.

Ein Tropfen Blut klatschte von meinem Kinn auf den Boden. Der Beamte machte einen erschrockenen Satz nach hinten.

Ich sagte: »Sage er, was er wolle, oder ziehe er von dannen!«

»Äh, was?« Ich hörte die Zahnrädchen in seinem Gehirn rotieren, die vergeblich versuchten, irgendwo einzurasten.

»Was wollen Sie, verdammt noch mal? Sind Sie ein Perverser, der auf nackte Männeroberkörper steht?« Ich blähte meinen schmächtigen Brustkorb ein bißchen auf und streckte mich zu meinen vollen ein Meter vierundachtzig.

Der Braunmensch wippte von einem Fuß auf den anderen und strich sich über die kahle Stelle in seiner Schädelmitte.

»Nein«, sagte er mit leiser Stimme, »es geht um Ihre Rundfunkgebühren. Sie wissen schon, die Anmeldegebühren für Ihr TV- oder Radiogerät.«

»Ich hab keine Glotze«, sagte ich. »Brauch ich nicht, bin jetzt schon blöd genug.« Langsam wurde mir kalt hier draußen im Stiegenhaus, so halbnackt wie ich war.

»Was bitte? Ich glaube, ich habe nicht ganz verstanden, worauf Sie hinauswollen.« Wieder das Zahnradknirschen.

»Ich habe keinen Fernseher«, sagte ich, »und auch kein Radio, nur 'ne alte Stereoanlage. Gebraucht, verstehen Sie?«

Was natürlich gelogen war. Ich hatte sie nagelneu und noch original verpackt bekommen, nur daß sie nicht aus einem Geschäft, sondern aus einem Warenlager stammte.

Mein Kinn blutete immer noch, und der Rasierschaum im Schnitt trug nicht gerade zur Schmerzlinderung bei. Platsch! Der nächste Tropfen.

»Hören Sie«, fragte der Braunmensch mit besorgter Stimme, »soll ich nicht lieber einen Arzt rufen? Oder Ihnen zumindest die Nummer einer Beratungsstelle dalassen? Ich hatte auch mal so große Probleme, daß ich dachte, ich kann nicht mehr. Damals, als meine Elvira mich verlassen hat.«

Ich glaubte, eine kleine Träne in seinem Augenwinkel aufblitzen zu sehen.

»Aber nichts ist so schlimm«, fuhr er fort, »als daß man es nicht bewältigen könnte. Glauben Sie mir, der Suizid ist keine Lösung!«

Er machte ein paar theatralische Gesten, die wohl so etwas wie eine Tröstung sein sollten, aber jetzt hatte ich die Schnauze endgültig voll.

»Hören Sie mal genau zu, Sie Komiker! Es ist elf Uhr morgens, ich habe nicht allzu gut geschlafen, mich beim Rasieren geschnitten und komme nun wegen Ihrem dämlichen Gequassel nicht dazu, mir endlich diese Säure aus dem Gesicht zu wischen. Also, verdammt, was wollen Sie!?«

»Wie gesagt, es geht um Ihr Radio«, fing der Braunmensch wieder an. »Ihre Stereoanlage hat doch ein eingebautes Radio, nicht wahr?«

»Sicher.«

Er strahlte mich zufrieden an.

»Eben, und genau dieses Radio ist nicht angemeldet. Das heißt, wir haben jedenfalls keine Eintragung darüber, Sie verstehen?«

»He, he, Moment mal«, brauste ich auf. »Woher wissen Sie das? Ich meine, woher wollen Sie wissen, daß ausgerechnet mein Radio nicht angemeldet ist?« Ich spielte ein bißchen den Blöden. Ich wollte diesem naiven Braunmenschen die kleine Freude nicht verderben. Beamte lieben alles, was mit Technik zu tun hat.

Der Braunmensch streckte sein kleines, schlechtrasiertes Kinn vor und sagte: »Peilung.«

»Peilung?« echote ich. Ein Schaf konnte nicht blöder klingen.

»Genau, Peilung. Wissen Sie, die Post hat diese Peilungswagen, und mit denen wird jeder Bezirk nach Schwarzhörern und -sehern abgesucht.«

Endlich war er seinen Spruch losgeworden. Er strahlte mich an wie die Reste einer Plutoniumbombe.

»Sie überwachen mich?« fuhr ich ihn an. »Sie spionieren mir nach. Hören Sie mal, Freundchen, kennen Sie die Verfassung, von wegen Privatsphäre und so?« Ich spielte den Entrüsteten. Ich wußte zwar nicht, ob es in der Verfassung irgendeinen Artikel gab, der sich aufs Radiohören bezog, aber ich spekulierte darauf, daß der Braunmensch es auch nicht wußte.

»Nein, nein, so ist das nicht«, leierte er weiter. »Wir spionieren Ihnen nicht nach. Wir suchen nur nach illegalen Rundfunkteilnehmern, verstehen Sie?« Beim Wort *illegal* schien er zehn Zentimeter zu wachsen.

Ich fand das Ganze langsam nicht mehr witzig.

»Hören Sie, Sie Schwarzpeiler, das einzige, das ich verstehe, ist, daß Sie Ihre Nase in Angelegenheiten stecken, die Sie nichts angehen. Meine Angelegenheiten!«

Ich trat einen Schritt nach vor und blickte wie beiläufig auf das Rasiermesser. Der Braunmensch machte einen weiteren Satz zurück.

»Ja, also«, stammelte er los, »angesichts der psychischen Probleme, die Sie offensichtlich im Moment haben, glaube ich, können wir von einer Untersuchung dieser speziellen Angelegenheit vorläufig absehen.«

Er kam ungefähr vier Zentimeter auf mich zu und stellte sich auf die Zehenspitzen.

»Vorläufig, habe ich gesagt. Habe ich mich damit deutlich genug ausgedrückt?«

Ich grinste ihn an und sagte: »Alles klar, Chef.« Dann knallte ich ihm die Tür vor der Nase zu.

Ich wischte mir imaginären Schweiß von der Stirn. Das war gerade noch mal gutgegangen. Eine Anzeige wegen Schwarzhörens könnte ich mir im Moment nicht leisten. Zwanzigtausend wären das Minimum.

Ich ging zurück ins Zimmer und kramte in meinem Zaubernachttischkästchen nach einem kleinen Schraubenzieher und einer Beißzange. Dann ging ich zur Stereoanlage und schraubte den hinteren Deckel des Empfängers ab. Ich suchte mir ein paar Drähte aus – giftgrüne, die sahen am ekligsten aus –, hoffte, daß sie mit dem Rest des Kastens nichts zu tun hatten, und knipste sie durch. Ich wollte mich nicht in Versuchung führen lassen. Außerdem kam auf Ö 3 sowieso nur Scheißsound.

Mittlerweile hatte mein Kinn aufgehört zu bluten. Ich wusch mir den bräunlich-weißen Schaum vorsichtig vom Gesicht. Blieb ich heute eben stachelig. Ich hatte sowieso kein Rendezvous.

Ich zog mir mein *Harley* T-Shirt über und machte gerade eine Kanne Kaffee, als das Telefon klingelte. Heute hatte es offenbar jeder auf mich abgesehen; Viertel nach zwölf und schon die zweite Störung.

»Falsch verbunden«, sagte ich und legte auf. Ich kam mir dabei nicht übermäßig witzig vor, ich wollte einfach nur in Ruhe meinen Kaffee trinken. Ich betrachtete in meditativer Andacht die Kaffeemaschine, sah zu, wie die heißen Wassertropfen sich durch das grobkörnige braune Pulver fraßen, als das Telefon erneut läutete. Ein verdammt hartnäckiger Störenfried.

»Jaah?« sagte ich.

»Du wirst mich vielleicht nicht mehr kennen«, sagte eine Stimme, »wir haben uns schon lange nicht mehr gesehen, und du wunderst dich wahrscheinlich, daß ich dich anrufe, ausgerechnet dich, nach allem, was zwischen uns war.« Verdammt, war das die Telefonausgabe von *Was bin ich?*

»Hör mal«, sagte ich, »deinen Sinn für Theatralik in allen Ehren, aber gewinn ich 'nen Preis, wenn ich errate, um welchen Spaßvogel es sich handelt, oder soll das Ganze nur 'ne miese Verarschung sein?«

Die Stimme sagte: »Ich hab mir schon gedacht, daß du mich nicht mehr erkennen würdest. Ich bin's, Paul.«

Paul! Verdammt, der hatte mir zu meinem Glück gerade noch gefehlt! Diese miese kleine Kröte Paul, der ich früher, als wir zusammen in Vorarlberg zur Schule gingen, die Nase gebrochen hatte, mit voller Absicht und großer Befriedigung.

Dieses Würstchen hatte mir damals meine Freundin ausgespannt, hatte sie mit seinem intellektuellen Gesülze eingewickelt und ihr nach allen altmodischen Regeln der Kunst den Hof gemacht. Blumen, Bonbonnieren mit handgeschriebenen Gedichten, Theaterabende. Als ob sich Simone fürs Theater interessiert hätte! Die war nur scharf aufs Kiffen, Bumsen und Herumhängen gewesen; Disziplinen, in denen ich alle Rekorde hielt.

Aus irgendeiner sentimentalen Regung heraus, wahrscheinlich Mitleid, nahm Simone dann eine von Pauls grotesk-schüchternen Einladungen an, und von da an glaubten sie, in einem Roman von Rosamunde Pilcher zu leben. Paul, diese Niete, konnte zwar den Profit einer Supermarktkette, die billige Ananas aus Südafrika importierte, im Kopf ausrechnen, mußte aber nach drei Zügen an einer *Pall Mall* kotzen.

Ich hatte nicht die geringste Lust, mit ihm zu reden, und sei es auch nur am Telefon. Mit achtzehn bedeuten Liebesaffären noch die Welt; und ich war verdammt nachtragend.

»Hallo, Jochen?« fragte er mit höflicher Stimme. »Bist du noch dran?«

»Ja, verdammt!« fauchte ich in den Hörer. »Was willst du, du Kröte? Ich bin gerade beim Frühstück.« Ich nahm die gefüllte Kanne aus der Kaffeemaschine, suchte eine saubere Tasse, Milch und Zucker und trug alles ins Zimmer, den Hörer unters Ohr geklemmt. Dann setzte ich mich aufs Bett.

»Oh, entschuldige, ich wollte dich nicht stören, aber ich dachte ...«

»Was dachtest du, mein Herzchen?« fiel ich ihm ins Wort. »Daß man kurz nach zwölf sein wohlverdientes Mittagessen nach vier Stunden Frondienst verdaut?« Ich hörte ihn schlucken.

»Nein, äh, also, wenn dir mein Anruf jetzt ungelegen kommt, rufe ich in einer Stunde noch mal an«, flüsterte er ins Telefon.

»Den Teufel wirst du!«

Eine Stunde lang herumsitzen, Kaffee schlürfen und auf den neuerlichen Anruf von diesem Kretin zu warten, würde mich noch mehr nerven, als es jetzt gleich hinter mich zu bringen. Außerdem konnte ich ja immer noch auflegen.

»Hör mal, mein Herzchen«, sagte ich, »meine Geduld geht langsam zu Ende, und mein Kaffee wird langsam kalt, also sag schon endlich, was du von mir willst!«

Ich goß mir eine Tasse Kaffee ein. Als ich umrührte, blieb der Löffel fast stecken.

»Tja, also, ich weiß nicht so ganz, wie ich anfangen soll«, stammelte Paul in mein Ohr.

Ich sagte: »Mit dem Anfang.«

»Sicher, sicher. Wie du weißt, sind Simone und ich nach der Matura zusammengeblieben. Wir gingen beide nach Innsbruck, um dort zu studieren. Ich Handelswissenschaften, Simone Tibetologie, zumindest die ersten paar Monate. Dann hat sie ihr Studium fast jedes Semester gewechselt.

Wir hatten eine kleine Zweizimmerwohnung nahe der Uni gemietet, und die erste Zeit lief alles ganz gut. Wir kamen voran mit unseren Studien, und auch mit unserer Beziehung klappte es so halbwegs. Natürlich wußte ich, daß Simone nebenher auch mit anderen Männern ins Bett ging, aber wir hatten eine stillschweigende Abmachung getroffen, nämlich nie in unserer Wohnung, und es machte mir nicht allzuviel aus.

Irgendwann lernte sie dann diese Clique kennen. Ehemalige Hausbesetzer, Punks, Drogensüchtige, dieses ganze Gesindel eben.«

Ich mußte unwillkürlich grinsen. Offensichtlich war Paul sich seiner subtilen Komik nicht bewußt, wenn er mir, einem Ex-Junkie, solche Sprüche unter die Nase rieb.

Ich nahm einen Schluck Kaffee. Das Gesöff war so stark, daß man 'ne Fehlgeburt davon bekommen konnte.

»Es ging ziemlich schnell bergab mit Simone«, fuhr Paul fort. »Sie rauchte nicht mehr nur Joints, sondern war auch mindestens einmal die Woche auf LSD oder speed. Bald kam natürlich der unvermeidliche Griff zur Nadel.«

Ich bekam eine leichte Gänsehaut auf meinen Unterarmen. Diese Story klang nur allzu vertraut.

»Scheiße, Paul«, sagte ich, »das Leben ist hart und gemein, aber glaub mir, was du mir da eben erzählt hast, haut mich nicht gerade vom Hocker. Ich meine, Simone war nicht unbedingt der Typ, der sich lange für etwas interessierte, aber Drogen sind da die Ausnahme: ab einem gewissen Stadium üben sie eine geradezu magnetische Anziehungskraft aus, wenn du verstehst, was ich meine.« Ich trank den Kaffee aus. Mein Puls war auf hundertvierundachtzig.

»Laß mich doch bitte zu Ende erzählen, Jochen«, meinte er, »denn sie ist nicht tot, falls du denkst, daß ich dich deswegen anrufe. Simone ist verschwunden, besser gesagt, abgehauen.

Während ich auf einem Kurs über Nationalökonomie war, brachte sie meine Stereoanlage, meine neue Stereoanlage!, samt meiner Klassik-CD-Sammlung in ein Pfandleihhaus. Sie nahm auch unsere gemeinsame Haushaltskasse mit und versuchte, unser gemeinsames Bankkonto zu leeren, aber der Bankangestellte sagte, daß Simone nicht einmal mehr das Codewort gewußt hätte. Das Codewort, mein Gott! W. H. Auden. Wie oft habe ich ihr Gedichte von ihm vorgelesen, und sie vergißt das einfach!«

Ich hörte Paul leicht schnüffeln.

»Du fängst doch jetzt hoffentlich nicht an zu flennen, oder?« fragte ich.

»Nein, nein«, murmelte er nach Fassung ringend, »aber die Erinnerungen an die Zeit mit Simone kommen wieder hoch.«

»Mir kommt gleich was ganz anderes hoch, wenn du nicht bald weiterredest!« bellte ich in den Hörer. Dieser Kaffee brachte einen wirklich auf Touren.

»Oh, entschuldige, natürlich. Wie gesagt, Simone ist verschwunden, ohne mir vorher ein Wort zu sagen. Sie hat nur einen kleinen Zettel dagelassen, auf dem stand, daß sie nach Wien gegangen ist. Keine Adresse, keine Telefonnummer, nichts.«

Ein plötzlicher, boshafter Drang von Neugier überkam mich.

»Was stand denn genau auf dem Zettel?« fragte ich scheinheilig.

»Also«, stammelte Paul, »ich denke nicht, daß das in diesem Fall von besonderer Bedeutung ist.«

»Paul, mein Herzchen«, wandte ich diplomatisch ein, »du willst doch irgend etwas von mir, also muß ich auch alles wissen, jedes Detail, verstehst du?«

»Na gut«, sagte er leise, »wenn du es unbedingt hören willst. Sie hat *Lebwohl, du schlappschwanziges Muttersöhnchen* auf den Zettel geschrieben.«

Ich konnte richtiggehend hören, wie er rot anlief. Ich machte nicht einmal den Versuch, mein Lachen zu unterdrücken.

»Eines muß man Simone lassen«, prustete ich ins Telefon, »sie hat dich wirklich gut gekannt.«

»Bitte laß das, Jochen«, sagte Paul mit gequälter Stimme, »mir ist nicht gerade nach Spaßen zumute.«

Dann plötzlich, sehr bestimmt: »Ich will Simone wiederhaben, und du mußt mir dabei helfen.«

Dieser neue Tonfall gefiel mir überhaupt nicht.

»Jetzt paß mal genau auf, Paul, zwei Dinge: erstens *muß* ich überhaupt nichts, klaro? Und zweitens ist Simone nicht einfach eine CD aus deiner Sammlung, die du dir wieder abholen kannst. Sie wird schon ihre Gründe gehabt haben, dein trautes Heim zu verlassen.«

»Unser. Unser Heim, nicht meines.« Er flüsterte schon wieder. »Bitte, Jochen, du mußt mir helfen! Ich vermisse sie, verdammt noch mal! Aber ich kenn mich in Wien nicht aus, vor allem nicht in der Szene, in der sich Simone wahrscheinlich rumtreibt. Aber du, nach allem, was ich von alten Schulfreunden so gehört habe, sollst ja mitten drin stecken.«

Irgend etwas an seinen Beschwörungen klang falsch. Er konnte das gebrochene Nasenbein nicht vergessen haben. Ich würde ein bißchen auf der Hut sein.

»Hör mal«, sagte ich, »ich bin schon lange nicht mehr in der Szene. Außerdem ist Wien nicht New York. Wien ist kein Dschungel. Glaub mir, hier ist nicht mehr los als in Innsbruck, nur daß wir hier 'ne U-Bahn haben.«

»Aber ich kenn doch sonst niemanden dort«, jammerte er unbeirrt weiter. Er kapierte es einfach nicht.

Ich sagte: »Ich glaube, du verwechselst mich mit jemandem. Ich bin nicht Phil Marlowe oder Burke, Detektiv ohne Lizenz, die den Dschungel lieben. Was ich liebe, ist meine Ruhe, verstehst du, Ruhe?«

Ich schenkte mir Kaffee nach.

Ich dachte an Pauls ständig steigende Telefonrechnung und sagte eine halbe Minute lang gar nichts. Ich hielt mir den Hörer ans Ohr, trank meinen Kaffee und lauschte seinem Schnaufen.

»Jochen? Bist du noch dran, Jochen?«

»Sicher.«

»Hör mal, Jochen«, sagte er, »ich mach dir einen Vorschlag, oder genauer gesagt ein Angebot, das du eigentlich gar nicht ablehnen kannst.« Seine Stimme hatte plötzlich einen harten und selbstzufriedenen Unterton bekommen.

»Laß hören«, sagte ich abwartend.

»Du suchst Simone, und zwar eine Woche lang. Du suchst alle Orte ab, an denen sie sein könnte. Läßt deine Beziehungen spielen. Ich zahl dir zehntausend für diese eine Woche. Okay?«

»Was ist, wenn ich sie nicht finde?« fragte ich.

»Bekommst du das Geld trotzdem. Im voraus, wenn du willst.«

»Will ich. Was, wenn ich sie finde, sie aber nichts von dir wissen will?«

Paul, wieder sehr bestimmt: »Das laß meine Sorge sein. Falls du sie findest, gibst du ihr einfach einen Brief, den du von mir noch bekommst.«

Allein die Vorstellung, für diese kleine Kröte Paul zu arbeiten, bereitete mir Kopfschmerzen, aber so üppig war meine Arbeitslosenunterstützung nun auch wieder nicht, als daß ich zehntausend legal verdiente Piepen einfach so sausen lassen könnte.

»Sag mal, kannst du dir das eigentlich leisten?« fragte ich. »Ich meine, ich weiß ja nicht, was du im Moment so machst, aber zehn Riesen sind doch nicht eben wenig Geld. Damit könntest du dir doch sicher auch einen richtigen Schnüffler kaufen.«

»Du hast keine Ahnung«, sagte Paul. »Natürlich hab ich mich schon danach erkundigt. Ein Privatdetektiv würde mich mindestens gleich viel kosten. Außerdem habe ich in dich stärkeres Vertrauen, weil Simone immerhin mal deine Freundin war. Es müßte doch auch in deinem Sinne sein, sie aus dem Schlamassel zu holen.«

Paul, mein Herzchen, träum weiter!

Daß Simone eine frühere Freundin von mir war, bedeutete mir jetzt ungefähr so viel wie ein Fingerschnippen. Außerdem war gar nicht gesagt, daß Simone überhaupt in Schwierigkeiten steckte. Wahrscheinlich hatte sie einfach nur die Schnauze von diesem Idioten Paul vollgehabt. Aber ich ließ ihn vorerst in dem Glauben, daß meine Gefühle für Simone mindestens ebenso stark ins Gewicht fielen wie die Aussicht auf leicht verdientes Geld. Denn worauf das Ganze hinauslaufen würde, war mir jetzt schon klar: ein paar Rotlichtschuppen abklappern, ein paar Peepshows besuchen und ab und zu mal am Karlsplatz vorbeischauen. Sonst nichts. Dachte ich jedenfalls.

»Ich arbeite seit ein paar Wochen in einer Bank«, sagte Paul. »Du mußt dir also wegen dem Geld keine Sorgen machen. Das ist für mich kein Problem, bei meinem Gehalt.« Wieder schwang eine Spur Arroganz in seiner Stimme mit.

Ich stopfte mir ein Kissen unter den Rücken und lehnte mich am hinteren Bettrand an die Wand.

Paul sagte: »Aber eines ist dir hoffentlich klar. Ich komme selbstverständlich nach Wien und begleite dich bei deiner Suche. Ansonsten würdest du dich wahrscheinlich eine Woche lang in deinem Zimmer einsperren, mir was vorlügen von wegen ergebnisloser

Suche und so und dich mit Drogen von meinem Geld vollpumpen.«

Jetzt fühlte ich mich wieder wohler. Das war der alte Paul. Ein kleinkariertes, mißtrauisches und überhebliches Arschloch. Kein Wunder, daß Simone verduftet war. Ich fragte mich überhaupt, wie sie es so lange mit diesem Charmeversprüher der *Giftklasse vier* ausgehalten hatte.

»Ich warte immer noch auf deine Antwort«, quäkte mir Paul ins Ohr. »Du wirst auf das Geld wahrscheinlich nicht verzichten können, wenn die Gerüchte, die ich über dich so gehört habe, auch nur ansatzweise stimmen.«

Paul, du Arschloch, warum hältst du nicht einfach deine Klappe? Ich mach's ja!

»Was willst du hören Paul?« fragte ich und schüttete mir den restlichen Kaffee in den Schlund. »Daß ich auf dem Zahnfleisch krieche? Daß ich ohne deine lächerlichen zehn Riesen in der Gosse lande? Ich mach's, okay, ich such dein Schätzchen, aber verschon mich bitte mit dieser Scheißgönnernummer!« Ich war wirklich stinksauer.

»Tut mir leid, Jochen«, sagte er. »Ich hab das nicht so gemeint mit dem Geld und so.« Klang verdammt halbherzig, dieser Spruch.

»Ja, ja, vergiß es. Wann bist du hier?«

»Tja, also ich weiß noch nicht so genau. Ich schätze, in drei oder vier Tagen ungefähr. Weißt du, ich kann hier nicht einfach mir nichts dir nichts für eine Woche verschwinden. Ich muß da vorher noch ein paar Dinge erledigen. Ich trage schließlich Verantwortung.« Er klang wie kurz vor dem Platzen.

»Jetzt paß mal auf, mein Herzchen! Ich bin kein

Fremdenführer, den man auf Abruf anfordern kann. Du glaubst doch nicht, daß ich hier tagelang rumsitze und warte, bis du dich nach Wien bequemst. Ich hab schließlich noch was anderes zu tun.«

Was natürlich gelogen war. Von postmodernen Franzosen hatte ich im Moment genug, und ansonsten gab es nichts zu tun außer herumzuhängen. Allerdings wollte ich nicht, daß Paul sich einbildete, meine uneingeschränkte Benutzbarkeit mit den paar Piepen kaufen zu können. Natürlich waren zehn Riesen eine ordentliche Summe, aber wenn man mal mit Drogengeschäften zu tun gehabt hatte, dachte man in anderen Größenordnungen.

»Na gut«, gab er klein bei, »ich denke, ich werde das schon irgendwie hinkriegen in der Bank. Obwohl das natürlich keinen allzu guten Eindruck macht, wenn ich mir jetzt eine Woche unbezahlten Urlaub nehme, wo ich doch erst so kurz hier arbeite.«

Heulte mir erst die Ohren voll wegen seiner verlorenen Liebe und bekam dann Panikschübe wegen eines Urlaubs! Was für ein Herzchen.

»Äh, Jochen«, fragte er zaghaft, »könntest du mir noch einen Gefallen tun?« Langsam ging er mir auf die Eier.

»Was denn noch? Brauchst du ein bißchen Koks, um deinem Chef als ganzer Kerl entgegenzutreten?«

Ich goß mir die dritte Tasse Kaffee ein. Jeden Tag so ein Gespräch und so einen Kaffee, und ich gebe mir noch drei Jahre bis zum ersten Herzinfarkt.

»Nein, es geht um ein Hotel. Ich nehme nicht an, daß ich bei dir wohnen kann ...«

Darauf kannst du Gift nehmen!

»... deshalb dachte ich mir, daß du mir eventuell

ein Hotelzimmer reservieren könntest. Am besten ganz in deiner Nähe.«

»Okay. Soll ich dir noch einen Begleitservice organisieren, der dich in Innsbruck zum Bahnhof bringt, oder schaffst du das alleine?« fragte ich so trocken wie fünf Wochen alter Zwieback.

»Äh, was?«

»Vergiß es. Ich reservier dir ein Zimmer im Hotel *Drei Kronen* in der Schleifmühlgasse. Ist ganz in der Nähe von mir. Ne feine Gegend. Genau dein Ambiente. Wird dir bestimmt gefallen. Ich erwarte dich dann am Freitag. Ich denke, drei Tage dürften wohl genügen für deine überaus wichtigen Angelegenheiten.«

»He, he, das geht mir alles ein bißchen zu schnell!« protestierte Paul. »Ich weiß doch noch gar nicht, wann ein Zug fährt und ...«

Sein Scheißstammeln ging mir auf die Nerven.

»Vier Uhr achtundzwanzig ab Innsbruck Hauptbahnhof, zehn Uhr vierunddreißig an Wien Westbahnhof«, sagte ich prompt.

»Da muß ich ja schon um halb vier in der Früh aufstehen!«

»Vier Uhr nachmittags, du Idiot!«

»Ach so.«

Ich schüttete meinen inzwischen kalt gewordenen Kaffee in den Blumentopf und spazierte ein bißchen im Zimmer umher; mit zehn Meter Verlängerungskabel kein Problem.

»Also dann bis Freitag«, sagte er. »Du holst mich doch vom Bahnhof ab, oder?«

Ich war nicht allzu überrascht. Ich hatte es schon kommen sehen.

»Klar«, sagte ich. Ich klang wohl nicht übermäßig begeistert.

»Gut« sagte Paul, »das wär's dann.« Schon wieder seine verdammte Flüsterstimme.

»Noch nicht ganz«, wandte ich ein. »Die Kohle. Wenn du heute noch zur Bank gehst und die Überweisung ausstellst, ist sie bis Freitag hier.«

»Ich wußte gar nicht, daß du ein Konto hast«, sagte Paul erstaunt.

»Paul, mein Herzchen, es gibt vieles von mir, das du nicht weißt.« Ich gab ihm die Kontonummer durch.

»Eine Frage hätte ich noch: woher hast du eigentlich meine Telefonnummer?«

Ein leichtes Hüsteln.

»Aus Simones Notizbuch. Ich hab's mal ein bißchen durchgeblättert und bin auf deinen Namen und deine Nummer gestoßen.« Er sagte das in einem Ton, als hätte er gerade zugegeben, ein gesuchter Kinderschänder zu sein. Ich fing an, Simone wieder in mein Herz zu schließen. Offensichtlich hatte sie ihm auf allen Ebenen zugesetzt.

»Das war's dann«, sagte ich. »Ich hol dich am Freitag vom Bahnhof ab.«

»Dan...«

Ich legte den Hörer auf. Ließ mir die ganze Geschichte noch mal durch den Kopf gehen. Ich als Schnüffler. Warum nicht?

Ich stand vom Bett auf und starrte die Kaffeekanne an. Fühlte meinen Puls. Dann ging ich in die Küche, schüttete den restlichen Kaffee in den Ausguß und trank statt dessen einen halben Liter Orangensaft. Aß dazu ein Naturjoghurt mit abgelaufenem Datum, das zum Kotzen schmeckte. Ich ging zurück ins Zimmer und schob eine CD in die Anlage. *Henry Rollins* sang, daß er jemanden gleichzeitig liebte und haßte. Ich dachte an Simone und Paul.

Ich trat ans Fenster und schaute hinunter auf die Straße. Mir war, als hätte ich eben ein rotes Golf Cabrio gesehen.

DREI

Freitag nacht. Westbahnhof.

Ich lungerte in der Eingangshalle herum, schielte auf die aufgestapelten Pornohefte, die an allen Ecken angeboten wurden, sehnte mich nach einer Zigarette. Seit siebenundvierzig Tagen rauchfrei; das war ein guter Grund, es auch zu bleiben.

Ich zog mir ein Päckchen Kaugummi aus einem der Automaten, setzte mich auf eine Bank, die mit Rotwein und obszönen Sprüchen beschmiert war, und wartete. Laut Anzeigetafel hatte der Zug aus Bregenz über Innsbruck und Salzburg eine dreiviertel Stunde Verspätung. Hätte mich nicht gewundert, wenn Paul was damit zu tun gehabt hätte.

Ich saß also da, kaute Kaugummi, versuchte, nicht an Zigaretten zu denken, und schaute den Leuten zu, wie sie trotz der späten Stunde hektisch durch die Gegend flitzten. Eine Frau, ganz in Rot gekleidet, zerrte einen kleinen weißen Pudel, der eine Art rotes Kostüm trug, an dessen Seite ein goldenes F eingestickt war, hinter sich her und rief: »François, mein kleiner Schnuckiputz, sei jetzt mal ein artiges Hundchen und gehorch der Madame!« Die kleine Töle dachte gar nicht dran, ein artiges Hundchen zu sein, sie zerrte an der Leine, schnappte nach den Strumpfhosenfesseln der Madame und legte zu guter Letzt einen schönen großen Haufen mitten in die Wartehalle. Streß führt bei Hunden offenbar dazu, daß sie ihre Schließmuskeln nicht mehr unter Kontrolle haben. Der Hund freute sich anscheinend über sein Geschäft, denn er gab augenblicklich Ruhe. Die distinguierte Dame wurde so rot, daß sie ihrem Kleid unangenehme Konkurrenz machte, fummelte ein kleines Säckchen aus ihrer Handtasche, sammelte den Hundedreck auf, warf ihn, das Säckchen mit den Fingerspitzen haltend, in einen Mülleimer und eilte hastigen Schrittes dem Ausgang zu.

Ich stand auf, ging zur Rolltreppe und fuhr runter zur Ein- und Ausgangsebene. Ich betrachtete mein Spiegelbild an einem Fotoautomaten und schaute den um diese Zeit seltenen hübschen Frauen nach. Ein Penner mit struppigem Bart und ehemals elegantem Mantel latschte auf schiefgetretenen Cowboystiefeln auf mich zu und bat mich um Geld. Ich griff in die Tasche, holte wahllos ein paar Münzen heraus und drückte sie ihm in die schmutzstarrende Hand. Der Penner zauberte eine Flasche unter seinem Mantel hervor und bot mir einen Schluck an. Billigster Fusel, eigentlich das reinste Brechmittel, aber es war Freitag nacht, kurz vor elf, der Westbahnhof schien mir noch trostloser als sonst, also runter mit dem Zeug! Es schmeckte grauenhaft.

»Weißt du, mein Junge«, fing der Typ an, »im Wein, da liegt die Wahrheit. Das wußten schon die alten Römer, Gott hab sie selig.«

Er riß mir die Flasche aus den Hand und schaute sie verliebt an. Ich machte, daß ich fortkam. Ein philosophierender Penner hatte mir gerade noch gefehlt. Mir genügte schon der, auf den ich hier wartete, und der nicht daherkam.

Über eine halbe Stunde ging ich in der Gegend herum und stopfte mir Kaugummis ins Gesicht, als mir die Lämpchen auf der Anzeigetafel signalisierten, daß der Zug mit Paul angekommen war. Ich ließ mich von der Rolltreppe wieder hochtragen, setzte meinen finstersten Gesichtsausdruck auf – rein prophylaktisch – und hielt durch die nach vorne wabernden Menschenmassen hindurch nach einer mittelgroßen, dünnen Gestalt Ausschau. Ich sah jemanden über einen Koffer stolpern, hörte ein dezentes Fluchen und ringsum vorgetragene Entschuldigungen. Paul.

»Au«, sagte er und rieb sich sein Knie, »rücksichtsloses Pack hier.« Er sah aus, als wäre er eben einer Bügelpresse entstiegen. Daß er fast sieben Stunden lang im Zug gesessen hatte, war an seinem Äußeren jedenfalls nicht erkennbar. Weißes Hemd, schwarze Anzughose, dunkelblaues Sakko. Schwere Golduhr, Solitär am kleinen Finger. Nette Manschettenknöpfe. An den Füßen die unvermeidlichen Lacklederschuhe. Genau der Typ, der zwischen seinen fünf weißen Hemden fürs Wochenende die Hardcorepornos versteckt hält.

Er richtete sich zu wenig imponierenden ein Meter sechsundsiebzig auf und ließ seine linke Hand sanft auf seinem riesigen *Samsonite* Koffer ruhen, der groß genug war, daß er im Notfall drin übernachten könnte.

»Hallo, Jochen«, sagte er und schaute dabei links und rechts an mir vorbei. »Wartest du schon lange? Der Zug hatte leider ein bißchen Verspätung, entschuldige.« Er blickte verlegen zu Boden.

»War hoffentlich nicht deine Schuld«, sagte ich leise zu mir selbst. Nur nicht aufregen, bevor das Ganze überhaupt begonnen hatte.

Paul blickte sich kurz um, als ob es irgendeine Aussicht zu bewundern gäbe, streifte mich dann für einen Sekundenbruchteil mit seinem Blick und sagte: »Tja, also, gehen wir? Ich bin ziemlich müde, hab die ganze

Zeit kein Auge zugekriegt. In meinem Nebenabteil hatte sich ein Teil einer Schulklasse eingenistet, vermutlich der lauteste des ganzen Haufens.«

Er zog sein Kofferungetüm neben mich, hüstelte und ging zur Rolltreppe. Moment mal, so lief das Ganze natürlich nicht!

»He, he«, rief ich ihm nach. »Du bildest dir doch nicht ein, daß ich deinen Koffer schleppe, oder?« Ich starrte Paul entschlossen an. Er hielt meinem Blick zwei zehntel Sekunden lang stand, dann schlurfte er zu seinem Koffer, packte den Griff mit grimmiger Entschlossenheit und warf mir einen bösen Blick zu. Langsam wurde er aufmüpfig.

Ich steckte meine Hände in die Hosentaschen und bearbeitete meinen Kaugummi.

»Ich weiß gar nicht, was du hast«, sagte ich mit zuckersüßem Lächeln. »Dein Monster hat doch Rollen. Ist doch ein Klacks für dich.«

Er murmelte einen undeutlichen Fluch und trottete mit rotem Gesicht hinter mir her. Offensichtlich war der Koffer ziemlich schwer; trotz der Rollen.

Wir fuhren mit der Rolltreppe runter. Paul hatte einige Schwierigkeiten mit seinem Koffer, den die Schwerkraft unweigerlich nach unten zog. Wir gingen nach rechts und kamen über eine weitere Rolltreppe zum U 6-Zugang. Paul ließ sich am Bahnsteig erschöpft und schwitzend auf sein Ungetüm fallen und wischte sich sein ungesund aussehendes Gesicht nicht ganz stilgerecht mit einem gebleichten Papiertaschentuch ab. Ich spuckte meinen geschmacklos gewordenen Kaugummi auf die Gleise und summte vor mich hin. Aus den Augenwinkeln heraus sah ich Paul auf seinem Koffer.

Die U-Bahn sauste heran. Sie stieß einen für diese Zeit beachtlichen Menschenstrom aus. Wir warteten, bis sich alle Aussteiger nach draußen bequemt hatten, und stiegen dann ein.

Die Waggons der Linie U 6 sind uralt und eigentlich umgebaute Straßenbahnwagen. Seit kurzem gibt es auch neue Niederflurwagen, da aber nur jeweils einer dieser Waggons pro komplettem Zug eingesetzt wird, ist dieser immer heillos überfüllt. Die Ein- und Ausgänge der alten Wagen sind sehr schmal und haben in der Mitte diese Haltestange, die das Ganze noch enger macht.

Natürlich verklemmte sich Pauls Koffer, die eingebaute Lichtschranke verhinderte ein Schließen der Türen, der Fahrer ließ über die Lautsprecher verkünden, daß der Spaß jetzt hoffentlich bald zu Ende wäre, Paul stürzte samt Koffer in den Wagen, landete auf einer Damenhandtasche, entschuldigte sich stammelnd, raffte sich auf, zupfte an seinen Klamotten herum und lehnte sich ans Fenster. Er war so grau im Gesicht wie die Haltestange.

Die anderen Fahrgäste, mich eingeschlossen, bedachten Paul mit einem mitleidigen Blick, bevor sie sich wieder in ihre Boulevardblätter oder knallbunten Taschenbücher vertieften.

Wir fuhren über die Gumpendorfer Straße zur Längenfeldgasse und stiegen dort um zur Linie U 4. Während wir auf die Bahn Richtung Heiligenstadt warteten, bekam Paul plötzlich rote Flecken im Gesicht und fuhr sich mit dem Handrücken über die Stirn.

»Ich hab gar keinen Fahrschein«, stieß er atemlos hervor und drehte sich paranoid nach allen Seiten hin um. »Ich bin schwarz gefahren. Ich muß mir sofort einen Fahrschein kaufen.« Er suchte die nähere Umgebung nach einem Ticketautomaten ab.

»Reg dich ab, Paul«, sagte ich. »Um diese Zeit kontrollieren die Schwarzkappler nie. Du kannst dir morgen früh eine Wochenkarte kaufen. Auf dieser einen Fahrt wird schon nichts passieren.«

Manchmal konnte sogar ich mich irren.

Die U 4 kam. Als sich die Türen öffneten, schlug uns ein Schwall von Desinfektionsmitteln, süßlichem Schweiß und Kotze entgegen; das typische U-Bahn-Parfum. Paul hatte wegen der flachen Bauweise der Waggons diesmal keine Probleme mit seinem Koffer und ließ ihn fast elegant hinter sich hergleiten.

Wir setzten uns in den hinteren, U-förmigen Teil des Wagens und lehnten uns in den Attrappenpolstern zurück. Die Bahn ruckelte los, blieb zwei Minuten später beim Margaretengürtel stehen; nichts passierte. Wieder Losfahren, wieder Stehenbleiben; Pilgramgasse.

Vier Typen mit mehr oder weniger kahl rasierten Schädeln stiegen ein. Zwei hatten olivfarbene Bomberjacken an, zwei trugen schwere Ledermäntel, die mit militärischen Abzeichen verunziert waren. Der Kleinste von ihnen trug einen Sixpack Bier, der offensichtlich schon ziemlich leicht war. Die drei anderen hatten ihre Hände in den Taschen dreckiger Jeans stekken, von deren Gürtelschlaufen eine schwere Kette zur hinteren Hosentasche führte. Sah verdammt nach Unannehmlichkeiten aus.

Ich schaute mich kurz um und stellte zu meiner Freude fest, daß wir die einzigen Leute in diesem Abteil waren. Es dauerte nicht lange, da hatte einer der

Typen seinen glasigen Blick auf uns gerichtet und kam auf uns zugetorkelt.

»Na, ihr Penner«, lallte er, »so spät noch unterwegs? Hat euch Mami Ausgang gegeben?« Er hielt sich mit der rechten Hand an der Haltestange fest und grinste uns an. Er sah schon verdammt besoffen aus. Ich tastete mit der linken Hand vorsichtig nach meinem Schlüsselbund und zog ihn zur Hälfte heraus.

»He, was ist los mit euch? Hat's euch die Sprache verschlagen, oder was?« Er kam einen Schritt auf uns zu und setzte seinen linken Fuß neben meinen Oberschenkel. Die Spitze seines Springerstiefels schien aus Stahl zu sein. Reizende Aussichten.

»Mann, Udo, laß doch die Pfeifen!« sagte der Typ mit dem Sixpack. Er stellte ihn ab und kam ebenfalls auf uns zu. »Der Kleine stirbt uns ja weg, wenn wir ihn zu lange anschauen, und der andere sieht ganz wie ein kleiner Junkie aus.« Er nestelte in der Außentasche seiner Bomberjacke herum, förderte einen nicht eben sauberen Zahnstocher zutage und steckte ihn sich in den linken Mundwinkel.

Ich sah mir die beiden etwas genauer an und entdeckte ein weiße Schleife, die um ihren rechten Oberarm gewunden war. Darauf stand in schwarzen gotischen Lettern *Wite Wave.*

»Ganz richtig, ein Scheißjunkie«, legte der Skin, der offensichtlich Udo hieß, wieder los. Er spuckte auf den Boden, warf mir einen verächtlichen Blick zu und sagte zu dem anderen Schrumpfkopf: »Verdammter Abschaum. Sind schlecht fürs Volkseinkommen, sind schlecht für die Moral, schaden dem gesamten Staat.«

Es gibt eine Partei in diesem schönen Alpenlande,

deren Anhänger dieser Tirade sicherlich mit Beifall zugestimmt hätten.

»Ich finde, dieses asoziale Schwein hier hat sich 'ne kleine Abreibung verdient«, sagte Udo, zum Kleinen gewandt. »Im Namen aller anständigen, inländischen Bürger dieses Landes, nicht wahr?«

Er drehte sich zu seinen Kameraden um.

»Warum nicht?« meinte ein mindestens ein Meter neunzig großer Hüne, der gerade eine leere Bierflasche auf den Boden schmiß. Auf seine Glatze waren die Buchstaben ACAB tätowiert. *All cops are bastards.* »Wird sicher ein großer Spaß werden.«

Paul schaute mich kurz aus zusammengekniffenen Augen an, rutschte dann ganz in die Ecke des Abteils und betrachtete aufmerksam den dreckigen Boden. Die U-Bahn blieb stehen. *Kettenbrückengasse* tönte es aus den Lautsprechern. Paul blickte kurz auf, räusperte sich und sagte leise: »Äh, ich will ja nicht unhöflich sein, aber wir müssen hier aussteigen.«

Was für ein Herzchen.

Udo grinste mich höhnisch an und warf einen kurzen Blick zu dem Hünen, der knapp hinter ihm stand. Dann fing er an zu lachen.

»Der Kleine ist ja 'ne echte Nummer. Will hier aussteigen. Ist 'ne ganz üble Gegend hier. Lauter Drogensüchtige und Penner. Wir wollen doch nicht, daß dir was passiert. Stimmt's, Jungs?«

»Stimmt!« kam es dreistimmig von vorne.

Die U-Bahnstationen haben Kameras installiert, um ebensolche Situationen zu verhindern, aber Kameras nützen natürlich nur etwas, wenn auch jemand die Kontrollmonitore beobachtet. Es war kurz vor zwölf, und die Typen in den Schaltzentralen nahmen es mit dem Überwachen anscheinend nicht mehr so genau.

In der Kettenbrückengasse war niemand zugestiegen. Langsam wurde es ernst.

Ich wollte gerade aufstehen, als ich die Bewegung sah. Eine schwer beringte Faust knallte mir mit knapp dreihundert ins Gesicht. Ich hörte ein leichtes Knakken, dann wurde mein Schädel zurückgeschleudert und prallte mit ziemlicher Wucht an die Kabinenwand.

»Verdammt«, brummte Udo, »der Scheißjunkie hat einen harten Schädel.« Er leckte über seine blutenden Knöchel.

Ich betastete vorsichtig meinen Kopf. Im meinem Gehirn war weißes Rauschen, mein Gaumen schmeckte klebrig und gallig. Ich fuhr mir vorsichtig über die Zähne und das Nasenbein. Zwei gelockert, zum Glück keiner ausgeschlagen. Ich schüttelte behutsam den Kopf und öffnete die Augen. Das Bild war halbwegs klar.

Meine Runde begann. Ich tastete mit zittrigen Fingern nach meinem Schlüsselbund, holte ihn ganz aus der Hosentasche und plazierte den größten Schlüssel so, daß der Bart etwa einen Zentimeter neben meinem rechten Mittelfinger nach vorne stand. Die restlichen Schlüssel umklammerte ich mit der Faust.

»He, Udo«, sagte ich. Udo lehnte wieder an der Haltestange und grinste mich blöd an. Schien sein normaler Gesichtsausdruck zu sein.

»Ein kleiner Tip von mir. Von Junkie zu Analphabet sozusagen. *White* schreibt sich im Englischen mit H.« Ich deutete auf seine dämliche Schleife.

»Bist offensichtlich nicht nur ein asoziales Arschloch, sondern auch noch ’n kleiner Klugscheißer, was?«

Ich spürte, wie ein dünner Blutfaden an meinem Kinn entlangrann. Ich leckte mit der Zunge drüber, sprang nach vorn und rammte dem völlig überraschten Blödmann meine metallgespickte Faust in die Fresse. Udo prallte zurück und knallte mit dem Schädel an die senkrechte Haltestange. Seine rechte Wange war aufgerissen und blutverschmiert. Ich holte nochmals aus, diesmal mit dem Fuß, und verpaßte ihm einen gewaltigen Tritt in die Eier.

»Wir wollen doch nicht, daß sich solche Intelligenzbestien wie du ungehindert fortpflanzen«, sagte ich lächelnd, während mir das Blut vom Kinn tropfte. Udo krümmte sich am Boden, gab Schmerzlaute von sich, die ungefähr seinem Niveau von Artikulation entsprachen, und betastete vorsichtig, beinahe zärtlich seine Hoden. Für die meisten Männer sind die Eier und der Schwanz der Sitz des Egos. Deshalb lernen die Frauen in den Selbstverteidigungskursen immer die schmutzigsten Tricks.

Meine Freude währte allerdings nicht lange. Die drei anderen Typen waren nach Sekundenbruchteilen über mir und tobten sich an mir aus, als wäre ich ein Sandsack in einer düsteren Boxhalle. Bald schon spürte ich die einzelnen Tritte und Schläge nicht mehr. Mein Körper war nur noch ein pochendes Stück Schmerz. Paul saß die ganze Zeit in seiner Ecke und biß sich seine wohlmanikürten Nägel bis aufs Fleisch ab. Was für ein Herzchen.

»Ich glaube, der ist bedient«, sagte der Hüne und gab mir noch einen abschließenden Tritt in den Magen. Ich zuckte zusammen und würgte ein bißchen

Magensäure hoch. Ich hatte am Abend nichts gegessen.

Die U-Bahn blieb an der Roßauer Lände stehen. Der kleine Typ mit dem Sixpack hielt die Türen offen, während die beiden anderen den arg lädierten Udo nach draußen schleiften.

»Das zahl ich dir noch zurück, Scheißjunkie. Darauf kannst du dich verlassen«, murmelte er mit blutverschmiertem Mund.

Ich starrte ihn aus meiner Froschperspektive an und sagte: »Lern erst mal Lesen und Schreiben, du Blödfresse.« Dann zog ich mich mühsam an der Haltestange hoch.

Paul war inzwischen aufgestanden und kam mit verlegenem Blick auf mich zu.

»Ist dir was passiert?« wollte er wissen. Er sah seine Finger an und wischte sie hastig an seiner Hose ab.

Ich stand da, aufgeplatzte Haut im Gesicht, wacklige Knie, schmerzende Rippen, Blut tropfte mir vom Kinn, und mein Schädel fühlte sich an wie nach einer zehnstündigen Fersehfolter. Dazu kam dieser eklige Säuregeschmack im Mund.

»Nein, nichts«, sagte ich ohne ein Spur Zynismus.

»Dann bin ich ja erleichtert. Weißt du, ich bin nicht so der Kämpfertyp. Natürlich, wenn's ernst geworden wäre, hätte ich dir geholfen, aber ich dachte, mit denen wirst du auch alleine fertig.«

Natürlich. Ich wurde das Gefühl nicht los, daß er mich verarschte. Was für ein Herzchen.

Die U-Bahn hielt erneut. *Friedensbrücke.* Sogar die Stationsnamen fielen mir in den Rücken. Ich schleppte mich zu Tür und bedeutete Paul mit dem Kinn, daß wir aussteigen sollten.

»Machen wir, daß wir rauskommen«, keuchte ich. »Wir sind sowieso schon viel zu weit gefahren.«

Wir stiegen aus. Ich schleppte mich die Treppe hoch. Paul verteilte seine Aufmerksamkeit in zwei Hälften an mich und seinen Koffer. Ich stieß die Schwingtür auf und zog mir die milde Mainachtluft in die Lungen. Schon lange nicht mehr war mir Autolärm so beruhigend erschienen. Paul saß auf seinem Koffer und starrte unbeteiligt durch die Gegend.

»Weißt du vielleicht, wie spät es ist?« fragte ich ihn. Er wandte seinen Blick von einer vorbeischlendernden Blondine ab, schob dann seine Manschette zurück und sagte nach einem kurzen Blick auf die Uhr: »Viertel nach zwölf vorbei.«

»Verdammt«, sagte ich, »das war die letzte U-Bahn. Straßenbahnen fahren auch nicht mehr. Wir werden wohl oder übel ein Taxi nehmen müssen.«

Paul stand von seinem Koffer auf, schaute mich unbehaglich an und sagte: »Wenn es unbedingt sein muß, von mir aus. So wie du aussiehst, können wir wahrscheinlich schlecht zu Fuß gehen.«

Ich humpelte auf die Straße und winkte ein Taxi heran.

»Hotel *Drei Kronen,* Schleifmühlgasse.«

Ich ließ mich in die weichen Polster des Benz-Taxis fallen und hörte Paul, wie er dem Taxifahrer auftrug, ja vorsichtig mit seinem Koffer umzugehen. Dann setzte er sich neben mich.

Ich saß am Fenster und betrachtete halbherzig die Straße, die neben uns vorbeiglitt wie ein schneller Film. Allzu viel sah ich nicht, da meine Augen langsam zuschwollen. Der Benz fuhr die Roßauer Lände stadteinwärts, bog dann rechts ab, passierte die Votivkirche, fuhr vorbei am Kunsthistorischen und am Naturhistorischen Museum, dann weiter den Getreidemarkt entlang und bog schließlich in die Operngasse ein. In dem Moment, als das Taxi an einer gelben Ampel hielt, raste ein rotes Golf Cabrio an uns vorbei und verschwand in der nächsten Seitenstraße. Wir fuhren wieder los und bogen zweimal rechts ab. Vor dem Hotel *Drei Kronen* blieben wir stehen. Auf den Meter genau.

»Macht einhunderteinundfünfzig Schilling«, sagte der Taxler und strich sich seinen Schnurrbart.

»Wieviel?« fragte Paul mit leicht überschnappender Stimme. Er klang, als hätte er eben vom Tod seiner Mutter erfahren.

»Einhunderteinundfünfzig«, meinte der Taxifahrer lakonisch und malträtierte weiter sein Oberlippenanhängsel. »Nachttarif.«

Mit einem nervösen Seitenblick auf mich holte Paul seine Geldtasche aus dem Sakko und nahm einen Hunderter und vier Zwanziger heraus.

»Stimmt so«, sagte er und drückte dem Schnurrbartzwirbler die Scheine in die Hand. Ich war ehrlich erstaunt über Pauls Großzügigkeit.

»Ich hol dich morgen um neun hier ab«, sagte ich. »Zieh dir was Passendes an, halbwegs vornehm, du weißt schon. Und vergiß das Foto von Simone nicht. Du hast doch eines dabei, oder?«

Paul deutete auf die Innentasche seines Sakkos und nickte.

Ich machte die Tür des Taxis auf und wand mich unter schmerzhaften Verrenkungen nach draußen. Diese Scheißrippen, nein, diese Scheißschrumpfköpfe! Ich drehte mich kurz um und sah Paul mit seinem heißgeliebten Koffer im Hotel verschwinden. Ich beschloß, die restlichen paar Meter bis zu mir zu Fuß zu gehen. Die Schlägerei mit den Skins hatte mich doch mehr mitgenommen, als ich zuerst gedacht hatte. Nicht nur, daß ich plötzlich jeden einzelnen Muskel spürte, nein, auch in meinem Schädel hatte sich ein Gefühl der Schwäche eingenistet, eine Stimme, die mich leise aber beständig einen Versager nannte. Natürlich war mir klar, daß das Unsinn war, einer gegen vier hatte niemals eine Chance, vor allem nicht mit meiner mickrigen Statur, aber manchmal ist Ratio eben nur ein gut klingendes Wort.

Das schien kein guter Start zu sein.

Nach knapp zwanzig Minuten war ich wieder in meinem sicheren Hafen in der Pilgramgasse. Ich genehmigte mir ein Bier, ging unter die Dusche, wo ich die farbenprächtigen Auswüchse auf meinem Körper bewunderte, baute mir einen mittelprächtigen Joint – nicht mal das gelang mir heute richtig – und legte mich aufs Bett. Seit ich mit dem Rauchen aufgehört hatte, kratzte mich das Hasch immer leicht im Hals, aber die beruhigende Wirkung setzte unverändert ein.

Ich quälte mich vom Bett hoch, wühlte in meiner CD-Sammlung herum und schob eine Disk in die Anlage. *Call me* von *Blondie. Call me, call me anywhere you are, call me.* Ich dachte an Paul, dachte daran, wie er sich in der Ecke verkrochen hatte, als ich ihn als Verstärkung dringend gebraucht hätte, dachte dran, wie er ohne groß aufzumucken hundertachzig Piepen für's Taxi gezahlt hatte. Ich wurde nicht so recht schlau aus ihm. Was für ein Herzchen.

Die nächsten paar Tage klapperten Paul und ich die Peepshows und die Bars, die in ihren Schaufenstern mit halbnackten Gogo-Girls warben, ab. Es war ein Fiasko. Ich sah soviel Rotlicht, daß ich glaubte, mit einem Nachtsichtgerät durch die Gegend zu rennen. Von Simone jedoch keine Spur; keine konkrete jedenfalls.

In einem Schuppen, der sich *Sweat Dreams* nannte, sagte uns die Bardame, ein strichdünnes Püppchen mit Löwenmähne und getigertem Einteiler, daß Simone hier öfter mit einem Typen namens Freddy gesehen wurde, offensichtlich ein Zuhälter. Allerdings sei das schon vor ein paar Wochen gewesen und natürlich wußte Löwenpüppchen nicht, ob Simone noch mit diesem Freddy zusammen war. Außerdem wußte niemand die Adresse oder auch nur den ungefähren Aufenthaltsort von diesem ominösen Zuhälter.

Im *Hot Lips* erging es uns nicht viel anders. Irgend jemand hatte Simone irgendwann mit irgend jemandem gesehen, der Freddy war - oder auch nicht. Und wie zu erwarten gewesen war, lag das alles auch schon einige Wochen zurück. Paul indes zeigte sich unerwartet angetan von dieser ihm ungewohnten Umgebung und war in bester Spendierlaune. Der Champagner für die Mädchen und die Trinkgelder für die Kellner flossen in regen Strömen. Er schien sich prächtig zu amüsieren. Kein Wort über Simone. Als sich Paul jedoch für eine spezielle Dame zu sehr interessierte, machte der Türsteher und Rausschmeißer des *Hot Lips*, der aussah wie ein Stahlcontainer für Rinderhälften, dem Namen des Schuppens alle Ehre und verpaßte uns ein paar Ohrfeigen, daß sich mehr als nur unsere Lippen heiß anfühlten. Und das, wo mein

Gesicht doch immer noch ausschaute wie ein Gemälde von Hermann Nitsch.

Die ganzen Nobelbordelle schenkten wir uns gleich von Anfang an. Es gab schon genug polnische, ungarische und bulgarische Mädchen, die sich, den Verlockungen des Westens folgend, in irgendeinem Puff wiederfanden. Knurrende Mägen und wochenlanges Übernachten auf der Couch einer Freundin siegten immer über moralische Haarspaltereien. Bei der derzeitigen Frischfleischversorgung hatte es kein Nobelschuppen nötig, eine Junkienutte aufzunehmen.

Das gleiche Bild in den Peepshows. Paul und ich verbarrikadierten uns mit Tonnen von Zehnschillingmünzen in engen Kabinen, die nach Sperma und Aftershaves rochen. Natürlich zeigten wir den Typen an der Kassa Simones Foto, aber die meisten grinsten nur und sagten: »Seht doch selbst nach, ob sie da ist.« Nach vier Tagen, die immer mit schmerzenden Genitalien endeten (ich trage ziemlich enge Jeans), hatten wir die Schnauze von diesen Titten-und-Arsch-Rondellen voll.

Alles in allem waren diese ersten fünf Tage eine hundertprozentige Pleite gewesen. Na ja, nicht ganz, Paul schien sich zumindest ganz gut zu amüsieren.

Einen letzten Versuch wollte ich noch starten. Ich suchte mir ein Hemd aus dem Kleiderkasten, das bei dämmriger Beleuchtung wohl eben noch als weiß durchgehen würde, zog mir meinen einzigen Anzug an, den ich noch aus Doc's Zeiten hatte (er legte immer recht viel Wert auf Stil), und band mir eine orangerote Krawatte um den Hals. Als ich mich im Spiegel sah, mußte ich mich erst an meinen Anblick gewöhnen; ich sah aus wie ein Waschbär, mit meinen halb zugeschwollenen Augen.

Gegen halb zehn kreuzte ich bei Paul auf. Er schaute mich eine halbe Minute mit erstauntem Blick an und ließ dann einen Sermon über das miese Hotel und die schäbige Umgebung ab. Als ich ihm sagte, er sollte sich heute mal richtig fein rausputzen, strahlte er ob des unerwarteten Bedarfs an seiner Kleiderkollektion wie ein Yuppie, der feststellt, daß nach dem von ihm verschuldeten Verkehrsunfall zwar alle Insassen des anderen Wagens hinüber sind, seinem Porsche jedoch zum Glück nichts passiert ist.

Er warf sich in Schale, drehte ein paar Pirouetten vor dem fleckigen Spiegel und fragte: »Wohin gehen wir denn heute?« Er band sich eine Krawatte um, die mit kleinen Häschen in allen möglichen unzüchtigen Positionen verziert war. Hielt das wohl für die Nobelrotlichtkluft.

»Du«, sagte ich und bohrte ihm meinen Zeigefinger in den Bauch, »du, nicht wir. Ich mach heute mal 'ne Solorunde. Na ja, eigentlich keine Runde, sondern nur einen Besuch in 'nem ganz speziellen Schuppen. Und das zieh ich eben lieber alleine durch.« Ich setzte mich auf sein Bett, prüfte die Matratze. Sie war viel zu weich.

»Und was mach ich in der Zwischenzeit?« fragte Paul und richtete seinen Krawattenknoten. »Ich meine, wo ich mich doch schon so in Schale werfen mußte.«

»Du machst einen kleinen Abstecher in einen Laden, der dir bestimmt gefallen wird. Heißt *Dirty Deeds*. Leise Musik, schöne Frauen, exquisite Drinks und keine lästigen Türsteher.«

»Du meinst, ein Puff?« fragte Paul leicht erregt.

»Aber nein«, beruhigte ich ihn. »Nicht jeder Schuppen in Wien, in dem mehr hübsche Frauen als Männer rumrennen, ist ein Puff. Es ist ein netter kleiner Nachtklub, etwas nobel, etwas exklusiv, müßte doch ganz dein Stil sein.«

»Na ja«, meinte er geschmeichelt, »so wie du das sagst, könnte das schon die richtige Umgebung für mich sein. Mal was anderes als das hier.« Er machte eine halb Wien umfassende Geste.

Nach einem letzten prüfenden Blick in den Spiegel (niemand soll mir erzählen, Frauen seien eitler als Männer), gingen wir runter auf die Straße. Ich rief ein Taxi.

»He, he, Moment mal«, rief Paul aufgeregt, »wer hat hier was von einem Taxi gesagt? Ich hab mir gestern eine Wochenkarte gekauft. Hat mich einhundertzweiundvierzig Schilling gekostet. Wir fahren mit den öffentlichen Verkehrsmitteln. Sind erstens billiger, belasten zweitens die Umwelt weniger.« Klang wie ein auswendig gelernter Spruch eines Busfahrers.

Das Taxi hielt neben uns.

»Hör mal«, fragte ich, »hast du die kleine Geschichte letzten Freitag in der U-Bahn schon vergessen? Was, wenn wieder ein paar solcher Witzbolde unterwegs sind und es diesmal auf dich abgesehen haben? Was meinst du, bleibt dann von deinem schicken Anzug noch übrig?« Ich deutete auf seinen teuren Zwirn.

Es war natürlich so unwahrscheinlich wie ein nicht penetranter Werbespot, daß etwas wie diese U-Bahn-Schlägerei innerhalb der nächsten paar Wochen nochmals passieren würde, aber das wußte Paul, der vor der Großstadt Wien solchen Respekt hatte, natürlich nicht. Ich konnte im Moment wirklich nicht behaupten, daß mir U-Bahn-Fahren sehr viel Spaß machte.

»Was ist nun?« rief der Taxler und streckte ungeduldig seinen Kopf zum Fenster raus. »Fahren oder quatschen?«

»Na komm schon, Paul«, insistierte ich, »zu einem standesgemäßen Abend gehört auch eine standesgemäße Anfahrt, oder glaubst du, die Nachtklubpuppen fahren auf dein Busticket ab?«

Ich hatte zwar selten einen blöderen Spruch vom Stapel gelassen, aber Paul schien er zu gefallen. Er legte seine Stirn für eineinhalb Sekunden in Falten, was wohl irgendeinen Denkvorgang darstellen sollte, und stieg dann ein.

Wir fuhren den Ring entlang bis zum Franz Josefskai, bogen in die Marc Aurel Straße ein und ließen uns an der Ecke zur Wollzeile absetzen. Die Nacht war lau und windstill, und ein leichter Geruch von Pferdeexkrementen schwebte zwischen den flanierenden Menschen, die aussahen wie personifizierte Litfaßsäulenmodels. Nach einem kurzen Spaziergang durch den ersten Bezirk standen wir vor dem *Dirty Deeds*.

»Na dann«, sagte ich, »viel Spaß. Laß dich vollaufen und amüsier dich. Der Laden hier macht kurz nach vier dicht. Du kannst dann entweder ein bißchen rumlaufen und auf die erste U-Bahn warten, oder du leistest dir noch mal ein Taxi.«

Paul zupfte an seiner unzüchtigen Häschenkrawatte und schaute mich unsicher an.

»Kommst du nicht noch schnell mit rein?« fragte er mit flehendem Blick. »Nur, bis ich mich ein bißchen orientiert habe.«

Warum nicht. Was für ein Herzchen.

Wir machten die Tür auf, schlängelten uns durch einen schweren roten Brokatvorhang und blieben in einer Art Vorraum stehen. Eine äußerst spärlich bekleidete Dame geleitete uns an einen Tisch. Hoffentlich holte sie sich keine Lungenentzündung in dieser Aufmachung. Süßlich schmachtende Musik umgab uns. Nun hatten uns auch die ersten Animierdamen entdeckt. Ich schaute mich schnell um; wir waren fast die einzigen Gäste zu dieser frühen Stunde.

»Was darf ich den Herrschaften bringen?« Eine Stimme wie heißer Honig, ein Arsch wie ein knackfrischer Apfel.

»Eine Flasche Schampus«, orderte ich, »und nur ein Glas bitte, ich bleib nicht lange.« Ich riß meinen Blick von ihr los.

»Sehr wohl, die Herrschaften«, flötete es honigheiß in mein Ohr. Paul blickte sich um und lockerte die Krawatte.

»Mach den Mund zu Paul, du erkältest dich sonst.«

Der Champagner wurde stilgerecht in einem Silberkübel serviert. Der Korken, der durch die schlammig rote Luft davonsegelte, war noch nicht am Boden, da hatte Paul auch schon zwei reizende Gesprächspartnerinnen, die sich als Natascha und Lolita vorstellten. Paul schien vor allem von letzterer ziemlich beeindruckt zu sein; und nicht nur, was ihren Namen anging. Ich nahm an, daß Paul mit dem Rest auch ganz gut alleine zurechtkam, also verschwand ich diskret zwischen den roten Vorhängen.

Es gab nur noch einen Schuppen, den zu besuchen es sich vielleicht lohnen würde. Ein ziemlich trüber Laden, weder Puff noch nobler Nachtklub, eine Art

Anlaufstelle für die unteren Gesellschaftsschichten, die beim Biertrinken gerne die Aussicht auf zwei rosa Brustwarzen genießen. Auf der Rangskala fiel dieser Laden schon in den violetten Bereich, und das wollte ich Paul nun wirklich nicht zumuten.

Ich hatte kein Geld für ein Taxi, deshalb ging ich widerstrebend runter zur U-Bahn. Ich schaute mich so oft nach kurzhaarigen Typen um, daß ich fast eine Halswirbelzerrung hatte, als ich in der Thaliastraße ausstieg. Ein leichter Wind war aufgekommen und verteilte die Hupgeräusche vom Gürtel gleichmäßig in den Straßen. Ich ging ein paar Schritte am Lerchenfelder Gürtel entlang und nahm dann den Laden in der Hasnerstraße ins Visier.

Die Fassade des *American Gigolo Club* unterschied sich nicht viel von den anderen Etablissements, die Paul und ich in den letzten paar Tagen besucht hatten und die den Gürtel links und rechts säumen, um den Sexkomplexlern das Geld aus der Tasche zu ziehen und ihnen dabei das Gefühl zu geben, coole und harte Jungs zu sein. Ich sah kurz an mir hinunter, zupfte ein paar imaginäre Fusseln von meinem Revers und knöpfte den obersten Hemdknopf zu. Dann drückte ich den Türsummer. Ich spürte, wie ich durch den Einwegspiegel gemustert wurde, dann öffneten sich die Tore dieses schummrigen Paradieses; allerdings ohne Heerscharen von Engeln als Begrüßungskomitee. Statt dessen erschien wieder die obligatorische leichtbekleidete Dame und wollte mich an einen Tisch führen. Auch sie war eine Kandidatin für sämtliche Erkältungskrankheiten dieser Welt. Ich winkte ab und sagte ihr, daß ich Maria sprechen wollte. Sie sah mich verständnislos an (selbst ein verständnisloser

Blick kann einen umwerfen, wenn er aus so blauen Augen kommt) und gab mir zu verstehen, daß hier niemand mit dem Namen Maria arbeitete.

»Die arbeitet nicht hier«, sagte ich, »ihr gehört der ganze verdammte Laden. Du kennst sie sicher. Rote, hochtoupierte Haare und mindestens hundertzwanzig Kilo schwer.«

»Ach so«, meinte sie, »du meinst die Blady Mary. Wart mal, ich schau nach, ob sie da ist. Bist du ein Freund von ihr?« Sie sah mich mißtrauisch an, ich starrte zurück; allerdings auf ihren silbernen Einteiler, auf dem eine starke Oberflächenspannung herrschte.

»Sozusagen. Ich bin Jerry. Sie weiß schon, wer ich bin«, sagte ich unfreundlicher als beabsichtigt.

Sie verschwand so lautlos wie ein Politiker nach einer verlorenen Wahl. Ich schaute mich ein bißchen im Raum um. Die übliche dämmrig-rote Beleuchtung, die allen Insassen aufs äußerste schmeichelte, viel Plüsch und Samt und ein paar Animierdamen. An der Bar standen ein paar Typen und betätigten sich sportlich; einarmiges Reißen am Tresen. Ich lehnte mich an die Theke und holte das Foto von Simone, das ich von Paul hatte, aus der Innentasche meines Sakkos. Es war ein Schwarzweißbild, aufgenommen kurz vor der Matura. Simone lehnte am Eingangstor des Gymnasiums und lächelte in Pauls Kamera. Obwohl ich das Foto in den letzten paar Tagen mindestens hundertmal angesehen hatte, taten mir immer noch die Lippen weh, wenn ich länger auf Simones Mund schaute. Eine Strähne von ihrem langen blonden Haar hing in seinem linken Winkel und trat neckisch in der Mitte ihrer unteren Lippe wieder hervor. Sie sah einfach verdammt gut aus!

Ich spürte eine schwere Hand auf meiner Schulter und drehte mich um. Blady Mary stand hinter mir.

Blady Mary, die ihren Spitznamen, der ihr anscheinend nichts ausmachte, ihren großzügig proportionierten Fleischmassen verdankte, war eine der wenigen Nutten, die sich mit vierzig, wenn sie zu alt wurden, um auf der Straße anschaffen zu gehen, ein eigenes kleines Lokal leisten konnten. Wie durch ein Wunder (und mit Hilfe eines verbotenen Tränengassprays) überlebte sie zwei Überfälle von rechtsradikalen Schrumpfköpfen, die sich selbst gerne als Bürgerpolizei bezeichnen, und hatte es geschafft, sich von ihrem Zuhälter freizukaufen, ohne als Testfläche für Rasiermesser herhalten zu müssen. Sie war die eiserne Herrscherin der *American Gigolo Bar* und konnte sich nicht über mangelndes Interesse ihrer alten Straßenkundschaft für ihre neue Tätigkeit beklagen. Ich kannte sie mehr oder weniger flüchtig aus den alten Tagen, als ich den Doc auf seinen Verkaufstouren als eine Art Rückendeckung begleitet hatte.

»Na, Jerry, schluckst du immer noch dieses Dreckszeug?« Ihre Stimme war tief und rauh und ließ mir die Haare auf den Unterarmen aufstehen. Blady Mary hatte einen schwarzen Einteiler an, der ihre Fleischmassen nur mühsam zusammenhielt. Auf ihrem linken Schulterblatt war eine Rose tätowiert, die sich an ihr wie ein Muttermal ausnahm. Sie hatte mindestens hundertdreißig Kilo.

»Wie läuft das Geschäft?« fragte ich.

»Ganz gut. Ne Menge alter Freier kommen hierher, um mich zu besuchen und über die alten Zeiten zu plaudern. Oder um sich einen hinter die Binde zu gießen. Übrigens, wo ist dein Drink?«

»Hab keinen bestellt.«

Blady Mary beugte sich über den Tresen und setzte ihn damit einer harten Belastungsprobe aus.

»He, Jennifer, bring unserem Gast mal 'nen Whiskey, aber 'nen doppelten.« Dann drehte sie sich zu mir um. »Geht natürlich auf Kosten des Hauses.«

Die Dame mit der silbrigen Oberflächenspannung glitt heran und brachte mir einen doppelten Whiskey in einem dicken Glas. Ich kippte ihn in einem Zug runter. Er schmeckte furchtbar. Ich schnitt eine Grimasse wie ein Pantomime, der das blanke Entsetzen darstellen will.

»Was ist, schmeckt dir mein Whiskey nicht?« fragte Mary mit drohender Stimme.

»Doch, doch«, sagte ich heiser und wischte mir die Tränen aus den Augenwinkeln, »ich bin nur das starke Zeug nicht mehr gewöhnt.«

Mary sah mich einen Augenblick skeptisch an und fragte:

»Was führt dich hierher, Süßer? Ich nehm nicht an, das Ambiente. Hat der Doc dich geschickt, um mir was zu verhökern? Da kann ich nur sagen: Fehlanzeige. Ich rühr das Zeug nicht mehr an. Kein Koks, kein speed, kein H mehr. Ich schluck nicht mal mehr Rohypnol, wenn ich nicht einschlafen kann. Völlig clean seit neun Monaten und elf Tagen.«

Ich stellte das Whiskeyglas auf die Theke und lokkerte meine Krawatte.

»Es geht nicht um dope, Mary«, sagte ich. »Ich such 'ne Freundin. Wahrscheinlich auf H, vielleicht auch auf dem Strich. Soll in letzter Zeit angeblich mit einem Zuhälter namens Freddy zusammengewesen sein. Ich hab schon alles abgeklappert, Peepshows, Gogo-

Bars und so weiter. Aber keiner da hat sie in letzter Zeit gesehen.«

»Und du glaubst, eines meiner Mädchen kennt sie?« Wieder das Prickeln auf den Unterarmen.

»Vielleicht, wär doch möglich. Ich meine, ich will dich nicht beleidigen oder so, aber dein Schuppen ist nicht gerade das *Moulin Rouge*. Manche deiner Häschen kommen vom Strich, und auch deine Kundschaft trägt nur am Wochenende mal 'ne Krawatte. Laß mich Simones Foto rumzeigen. Wenn keiner sie kennt, zisch ich in derselben Sekunde wieder ab.«

Mary sah mich ein oder zwei Sekunden lang böse an, dann trat ein breites Grinsen auf ihr Gesicht.

»Weißt du«, meinte sie, »jedem anderen hätte ich jetzt eine geknallt, wenn er so über mein Etablissement und meine Mädchen gesprochen hätte. Aber dir laß ich's noch mal durchgehen, wegen der alten Zeiten und so. Ich weiß doch, was für ein Hitzkopf und Flegel du manchmal sein kannst.«

Sie redete mit mir wie eine italienische Mama mit ihrem ungezogenen Kind.

»Na, gib schon her das Bild! Ich laß es reihum gehen. Wenn sie irgendjemand kennt, schick ich ihn zu dir. Setz dich da hinten an den Tisch, trink was auf Kosten des Hauses und schau dir meine Mädchen an. Schau sie dir genau an, und dann möchte ich wissen, ob du immer noch so abfällig über sie sprichst.« Sie marschierte mit Simones Foto in der Hand davon.

Ich tat, was Mary mir befohlen hatte, trank *Heineken* Bier und flirtete mit ihren Mädchen. Sie waren alle schärfer als ein Bund frischer Chilischoten. Nach ein paar Minuten kam Blady Mary an meinen Tisch, einen Typen mit gräulichem Gesicht und Heilsarmeeanzug im Schlepptau. Außer dem *American Gigolo Club* hätte ihm wohl jeder andere Laden den Weg zum Hilfspersonaleingang gezeigt.

»Das hier ist Turkey«, sagte Mary und stieß den Grauen auf einen Stuhl. »Turkey hängt die meiste Zeit in der Karlsplatzgegend herum, und er meint, er hat deine Freundin in letzter Zeit da öfter mal gesehen.«

Turkey nickte, kratzte seine Bartstoppeln mit den Fingerknöcheln und starrte auf mein Bier.

»Bring ihm auch eines«, sagte ich und deutete auf die Flasche. »Okay, schieß los. Wann hast du sie das letzte Mal dort gesehen?«

»Das war ungefähr vor einer Woche«, flüsterte er. Schon wieder so ein verdammter Leisereder! »Sie hing da in der Karlsplatzpassage rum, Ausgang Resselpark, du weißt schon, wo die ganzen Giftler immer sitzen.«

Ich wußte nur zu gut, was er meinte. War früher mal sowas wie meine zweite Heimat gewesen. Endlich eine konkrete Spur.

»Und, ist das alles?« wollte ich wissen.

»Nein, nicht ganz. Sie war in letzter Zeit öfter mit so 'nem komischen Typen zusammen. Zeus nennen ihn alle in der Szene.« Er trank die Bierflasche mit einem Schluck zur Hälfte leer.

»Ist dieser Zeus ihr Zuhälter?«

»Zuhälter?« grinste Turkey und ließ die andere Hälfte des Biers in seinen Magen rinnen. »Der doch nicht. Ist so 'ne Art Sozialarbeiter, behauptet er zumindest. Kein staatlicher, der dir immer mit diesen blöden Sprüchen kommt und diesen beschissenen Bernhardinerblick hat, du weißt schon, *Ich kann dich ja verstehen und will dir nur helfen*, nein, Zeus sieht sich selbst mehr als eine Art Samariter. Kümmert sich vor allem um die jungen Nutten am Karlsplatz. Hat 'nen VW-Bus mit 'nem Bett und einer Kochnische hinten drin. Die jungen Dinger können da auch mal übernachten, wenn sie sonst nicht wissen wohin.«

Er wirkte erschöpft nach dieser langen Rede. Ich bestellte ihm noch ein Bier.

»Und du sagst, er will nichts von den Mädchen, wenn sie so allein in seinem Auto liegen?« fragte ich.

»Hab jedenfalls nichts Derartiges gehört«, erwiderte der Graue. »Ich würde mich aber in acht nehmen, wenn du was von ihm willst. Ist ein gefährlicher Bursche. Diese Simone, die du suchst, hatte vorher einen Zuhälter, Freddy hieß er. Der wollte sie zurückholen, nachdem sie ihm zu Zeus abgehauen ist. Da hat Zeus ihn beiseite genommen, am Unterarm gepackt und ihm das Handgelenk gebrochen wie einen Zahnstocher. Ich hab's mit eigenen Augen gesehen.«

Eine leichte Gänsehaut lief über seinen Nacken.

»Du hast gesagt, Simone hatte vorher einen Zuhälter, diesen Freddy. Heißt das, daß sie ihn jetzt nicht mehr hat, daß sie mit Zeus zusammen ist?«

»Das weiß ich nicht so genau. Ich hab Freddy schon länger nicht mehr gesehen, seit dieser Geschichte mit Zeus. Könnte aber durchaus sein, daß Simone wieder zu ihm zurück ist. Machen ziemlich viele Nutten, weiß auch nicht wieso, aber sie tun's.«

»Okay, zurück zu Zeus. Weshalb heißt er so?«

»Wegen seiner Gestalt. Ein richtiger Hüne. Mindestens einsneunzig groß, Muskelpakete wie ein Metzger, Schmuck überall und einen Bart wie Gott persönlich. Wie gesagt, wenn du dich mit dem anlegen willst, paß auf!«

Mehr gab's nicht zu fragen. Ich bestellte Turkey noch einen Whiskey auf Kosten des Hauses (ihm würde er bestimmt schmecken, da machte ich mir keine Sorgen), verabschiedete mich von Mary und ihren Häschen und ging nach Hause.

Es war ein weiter Weg, und ich brauchte über eine Stunde, aber ich mußte nachdenken. Vor allem über Paul. Weshalb wollte er Simone unbedingt wiedersehen? In all den Rotlichtschuppen hatte er nicht gerade wie ein liebeskranker Bankangestellter gewirkt, der sein Herzblatt wieder in die Arme schließen möchte. Außerdem wollte sie offensichtlich nichts mehr mit ihm zu tun haben, sonst hätte sie sich wohl schon an ihn gewandt. Das mußte doch Paul ebenfalls klar sein. War es Geld? Hatte Simone mehr mitgenommen, als Paul mir gesagt hatte? Hoffte er, daß sie noch nicht alles verpraßt hatte? Wohl kaum. Er kannte Simone in der Zwischenzeit gut genug, um zu wissen, daß zu viele Scheine in der Geldtasche sie nervös machten. Außerdem hing sie an der Nadel, und das war ein teurer Spaß. Zudem hätte Paul dann sicher einen richtigen Schnüffler oder die Bullen eingeschalten. Nein, irgend etwas an dieser ganzen Sache war faul. Ich hoffte nur, ich würde es rauskriegen, bevor ich mit dem Gesicht nach unten mittendrin lag.

Ich schob eine CD in meinen Kasten, drückte auf Play und drehte auf. *Henry Rollins* schrie, er wäre verwirrt. Dann sind wir schon zwei, dachte ich und legte mich schlafen.

VIER

BUB VON BLITZ GETROFFEN - ÜBERLEBT! Ich las die Schlagzeile der *Kronen Zeitung* und steckte den Wisch zurück in den Zeitungsständer. Ich schaute kurz auf die Autouhr eines geparkten Ford; halb elf, noch mehr als genug Zeit. Paul und ich hatten uns für elf im Resselpark verabredet. Ich hatte ihm zwar erklärt, daß es keine gute Idee wäre, mich dorthin zu begleiten, alleine schon wegen seines Aufzugs, aber er versprach mir, sich den Umständen entsprechend zu kleiden, was auch immer das heißen mochte. Außerdem rieb er mir zum wiederholten Male unter die Nase, daß er zehn Riesen dafür ausgab, Simone zu finden, deshalb habe er auch das Recht dabeizusein, falls wir sie fänden. Und in diesem Punkt mußte ich ihm ausnahmsweise mal recht geben.

Ich schlenderte die Wiedner Hauptstraße entlang, kickte ab und zu mal eine Aludose über den Gehsteig und schaute mir die Auslagen in den Schaufenstern an. Hautcremes, Modeschmuck, Bioschuhe, Bioessen, Biokosmetik, Kameras, Designerklamotten. Vor dem riesigen Mercedesschaufenster blieb ich stehen und starrte die ganzen Benze an, die herausgeputzt im schwachen blauen Licht schimmerten. Aus Diskretionsgründen standen keine Preise dabei. Ganz vorne in der Ecke, malerisch umrahmt von einem riesigen Farn, gab es noch ein kleines Regal mit Mercedesmodellen; diesmal mit Preisschildern; mit Sicherheit die einzigen Benze, die ich mir jemals würde leisten können.

Ich öffnete den Deckel meines Walkmans, drehte die Kassette um und drückte den Play-Knopf. *Ice-T* rappte mir irgend etwas über die *High Rollers* ins Ohr, die großen Gangstertypen, die ganz oben waren. *Cash flow extreme, dress code supreme, vocabulary obscene, definition: street player, you know what I mean, the high rollers.* Ich fragte mich, ob das Leben eines L. A.-Gangsters wirklich so cool war wie in diesem Song. Wenn man keine Skrupel hatte und groß genug war, wahrscheinlich schon. Kohle, Bienen, Klamotten, große Schlitten, cooles Image. Ich langte in meine Hosentasche und holte ein Bündel Hunderter raus. Ich war heute morgen auf der Bank gewesen; Paul hatte die zehn Riesen tatsächlich schon überwiesen. Ich fächerte die Scheine auf; sieben Stück. Ich dachte daran, daß ich vor gar nicht so langer Zeit jeden Tag mindestens so viel Kohle verdient hatte. Aber dann dachte ich auch an das Ende: jede Menge Kohle und jede Menge Drogenprobleme. Vielleicht war es auf diese Tour besser, ein bißchen rumschnüffeln und ein bißchen Kohle. Zumindest stimmten die Relationen.

Um zehn vor elf war ich im Resselpark. Paul war nirgendwo zu sehen. Ich nahm die Kopfhörer ab und schaute mich ein bißchen um. Ein kleiner Platz mit ein paar Bänken. Das Ganze von dreckigen Sträuchern umrahmt, hier und da brennende Laternen, die einen harten orangefarbenen Schein durch die Nacht schickten. Ich setzte mich auf eine mit Liebeserklärungen vollgeschmierte Bank und hielt Ausschau nach alten Bekannten. Niemand da, soweit ich das auf Anhieb feststellen konnte. Während meiner paar Monate Abwesenheit hatte sich die Szene ziemlich verändert. Die Zahl der alten Penner in ihren dreckigen Heilsarmeeklamotten schien größer geworden zu sein, ebenso wie die der ganz jungen Kids, dreizehn, vierzehn, fünfzehn Jahre alt, teures Zeug von *Nike*, *Burton* oder *Chiemsee* am zitternden Leib; aber vielleicht hing das nur damit zusammen, daß es langsam wärmer war, auch in der Nacht, und die Parks zu einer Art Sammelbecken wurden. Allerdings fiel mir auf, daß es immer weniger Giftler von der harten Sorte gab, die zwischen fünfundzwanzig und vierzig waren. Entweder waren sie klüger geworden, bevor es zu spät war, und hatten aufgehört, oder sie waren auf irgendeinem Klo abgekratzt. Ich bekam wieder leichte Gänsehaut.

Um zehn nach elf tauchte Paul auf.

»Tut mir leid«, sagte er mit leiser Stimme, »daß ich mich verspätet habe. Ich hab mich ein bißchen verfahren. Dieses U-Bahnsystem ist ziemlich kompliziert, weißt du.« Er zog eine Packung Hustenbonbons aus seiner Jackentasche, steckte sich eines in den Mund und ließ die Schachtel wieder verschwinden.

Paul wohnte direkt neben der U 4-Station Kettenbrückengasse, dem zweiten großen Drogenumschlagplatz in Wien, vor allem an Samstagen, wenn der rege Flohmarktbetrieb Unmengen von Kleindealern anlockte. Die U 4 fährt direkt zum Karlsplatz. Wie man sich da verfahren kann, ist mir ein Rätsel.

»Schaut schlecht aus«, sagte ich und deutete auf die paar traurigen Gestalten auf den anderen Bänken. »Niemand da, den ich von früher her noch kenne.«

»Wir können's ja zumindest versuchen und den Typen das Foto von Simone zeigen«, schlug Paul vor, »auch wenn du sie nicht kennst.«

»Simone ist im Moment nicht das Problem«, sagte ich und rieb mit meiner Schuhspitze ein Blatt in den

Boden. »Daß Simone in letzter Zeit hier war, wissen wir schon vom Grauen. Unser Problem ist Zeus. Wenn Simone wirklich mit ihm zusammen ist, müssen wir zuerst ihn finden.«

Paul schaute sich schnell um.

»Sieht nicht so aus, als ob er hier wäre«, meinte er dann.

Ach nein, mein Herzchen, was du nicht sagst!

»Das sehe ich auch, Paul«, gab ich gereizt zurück. »Aber wir wissen doch, daß Zeus eine Vorliebe für ganz junge Nutten hat. Ich denke, wir sollten unser Glück mal in dieser Richtung herausfordern.«

»Wenn du meinst«, sagte Paul ohne rechte Überzeugung und fummelte an seinen den Umständen entsprechenden Klamotten herum. Jeans, dunkles Hemd, schicke Lederjacke und die unvermeidlichen Lacklederschuhe. Sein Haar war mit aufdringlich riechendem Gel aus dem Gesicht gekämmt.

»Ich brauch dafür aber ein bißchen Geld«, unterbrach ich sein Kleiderzurechtrücken.

»Wofür denn?«

»Paul«, sagte ich in einem Tonfall, der normalerweise für ein vierjähriges Kind adäquat wäre, »schau dir diese Teenies mal genau an. Die lassen sich für ein Taschengeld ficken, von irgendwelchen alten geilen Säcken. Glaubst du, die spielen die Kooperationsbereiten, weil ihnen dein apartes Bankerlächeln so gut gefällt? Wir wollen was von ihnen, also wollen sie was von uns. Das müßtest du als Geschäftsmann doch verstehen, oder?« Ich hatte natürlich ein bißchen zu tief geschlagen, aber es wirkte.

»Wieviel?« murmelte er betreten.

»Ich denke, fünfhundert müßten reichen.«

Er zog eine Geldtasche aus hellbraunem Leder aus seinen Jeans und entnahm ihr fünf Hunderter, die er mir ohne jeden Protest in die Hände drückte. Er schien nachzudenken. Vielleicht war er doch nicht so ein Blödmann. Aber ein Herzchen war er, ja, das auf jeden Fall.

Ich steckte das Geld ein, sagte Paul, er solle warten und ging zum nächstbesten Mädchen, das ich sah. Es war in dreckige Jeans, eine alte, gammlige Lederjacke und Springerstiefel gekleidet und sah derart versifft aus, daß die riesige, schwarzweiß gesprenkelte Ratte auf ihrer Schulter wie eine aerobicgestählte *Cindy C.* wirkte.

»Na, Süßer, was kann ich für dich tun?« Sie zeigte mir ein paar braune Zähne.

»Du könntest mir sagen, ob du jemanden kennst, der sich Zeus nennt. Figur wie ein Kleinwagen, langer Bart, mit Schmuck behängt. Ist so 'ne Art Sozialarbeiter und soll angeblich hier zu finden sein.« Ich deutete auf den trostlosen Platz um mich herum.

»Zeus?« fragte sie und machte eine Schnute. »Kenn ich nicht. Höchstens aus der Schule. War der Götterchef oder so. Aber hier gesehen? Nein. Weißt du, ich bin nicht so oft hier.«

»Na ja, kann man nichts machen. Trotzdem vielen Dank.« Ich drehte mich um und wollte zu Paul zurückgehen.

»He, Süßer«, rief sie mir hinterher, »kann ich dir nicht mit was anderem helfen?« Sie warf ihren wenig einladenden Körper in Pose.

»Nein danke«, sagte ich mit leicht mißglücktem Lächeln, »heute nicht.«

Wunderbar! Erster Versuch, erste Pleite!

Ich schaute mich kurz um und entdeckte weiter hinten ein anderes Mädchen, das ziemlich jung und irgendwie modelhaft aussah. Vielleicht war das eher Zeus' Typ. Ich ging zu ihr hin.

»Hast du dope?« fragte sie mit brüchiger Stimme. »Bitte, ich brauch unbedingt was, ich bin auf turkey. Ich hab keine Kohle, aber du kannst mich dafür haben.« Sie zitterte am ganzen Körper. Langsam gingen mir diese eindeutigen Angebote auf die Nerven. Sah ich wirklich aus, als ob ich's so nötig hätte?

»Ich bin kein Dealer«, sagte ich. Nicht mehr, dachte ich. »Es geht um was anderes. Ich suche einen Typen namens Zeus. So 'ne Art Sozialarbeiter. Kennst du den?«

Sie wich erschrocken zurück.

»Bist du etwa auch einer von denen?« fragte sie mit weit aufgerissenen Augen.

»Einer von welchen?«

»Na von Zeus' Freunden.« Sie war schon halb von der Bank aufgestanden.

»Nein, keine Angst«, beruhigte ich sie, »ich bin kein Freund von Zeus. Ich suche ein Mädchen, eine Freundin von mir, heißt Simone. Soll in letzter Zeit mit diesem Zeus zusammengewesen sein.«

Ich gab ihr das Foto. Sie schaute es ein paar Sekunden lang an.

»Ja«, sagte sie, »die kenn ich. Nennt sich Lola. Ist hier auf den Strich gegangen. Bist du ihr neuer Zuhälter? Dann hast du wohl Pech gehabt, wenn diese Simone wirklich mit Zeus zusammen ist, meine ich. Mit dem ist nicht zu spaßen.«

Ich winkte ab.

»Ich kenn die Geschichten. Wie gesagt, ich bin

nicht ihr Zuhälter. Ich bin einfach nur ein Freund von ihr. Will ihr nur ’nen Brief geben. Aber um Simone, respektive Lola, zu finden, muß ich erst an Zeus rankommen. Könntest du mir dabei helfen?«

Sie witterte ihre Chance.

»Das kostet dich aber was«, meinte sie.

»Okay. Wieviel?«

»Nen Riesen.«

»Mach’s gut«, sagte ich und drehte mich um. Verarschen konnte ich mich auch alleine.

»He, Mann, warte doch«, rief sie mir hinterher, »war doch nur Spaß. Lad mich beim *Köstli* zum Essen ein, dann sag ich’s dir. Ich sterbe nämlich vor Hunger.« Sie rieb sich ihren flachen Bauch.

Wir gingen zu dritt unter einem mattvioletten Himmel rüber zur Karlsplatzpassage und setzten uns wieder diesen verzehrbaren Bedrohungen bei *Köstli* aus. Seit letzter Woche hatte sich hier nichts geändert: nicht die Leute, nicht das Essen und nicht das Frittieröl.

»Bestell, was du willst«, sagte ich zu dem Mädchen. Sie verlangte einmal Hühnerschenkel, einmal Pommes und eine Cola. Dann gingen wir zu einem der Tische ganz hinten.

»Übrigens, wie heißt du eigentlich?«

»Nina.«

Ich schaute ihr beim Essen zu. Sie war nicht eigentlich hübsch, kurze glatte schwarze Haare, engstehende grüne Augen und eine Nase, die eine Spur zu groß war, aber für den dritten Platz in einem Provinzschönheitswettbewerb würde es leicht reichen.

»Nina«, sagte Paul mit träumerischem Gesichtsausdruck. »Ist das dein Künstlername, oder heißt du wirklich so?« Er konnte anscheinend kein Fettnäpfchen auslassen, dieser Idiot!

Das Mädchen sah ihn böse an.

»Du hältst dich wohl für witzig, was? Glaubst, daß das alles nur ein nettes kleines Spiel ist? Ich will dir mal was zeigen, du Komiker!«

Sie knöpfte ihre feuerrote Bluse auf und entblößte eine mit Blaumalen übersäte Brust. Die dunklen Flekken bildeten einen eigenartigen Kontrast zu ihrer weißen Haut. Einen verdammt häßlichen.

»Mein Gott!« murmelte Paul. »War das dein Zuhälter?«

»Zuhälter?« lachte Nina leise. »Nein, ein Zuhälter würde sein Arbeitsgerät an unauffälligeren Stellen kennzeichnen. Das hier war ein Freier. Ein fünfzig Jahre alter Fettsack, der mir auf seine alten Tage hin noch mal zeigen wollte, was für ein starker Typ er früher mal war. Was ist, warum lachst du nicht weiter? Nicht mehr spaßig, mein Spielchen?«

Paul schaute verlegen zur Seite.

»Tut mir leid«, flüsterte er, »ich hab das nicht gewußt.«

»Jetzt weißt du es«, sagte Nina hart. Dann, zu mir gewandt: »Okay, was willst du über Zeus wissen?« Sie steckte sich einen fettigen Hühnerschenkel in den Mund.

»Alles, was du mir über ihn erzählen kannst. Was genau er macht, wieso er es macht und vor allem, wo wir ihn finden.«

»Tja, was macht er? Er ist so 'ne Art Streetworker. Hängt in der Szene rum und verteilt Spritzen, Gummis, Süßigkeiten und so Zeug an die jungen Nutten.«

»Nur an die Nutten und nur an die jungen?«

»Ja, meistens. Klar, wenn irgendein fertiger Junkie aufkreuzte, gab er ihm auch 'ne Pumpe, aber seine Lieblinge waren eindeutig junge Nutten.« Sie warf den abgenagten Knochen auf ihren Teller.

»Du dachtest vorhin, ich sei ein Bekannter von Zeus und bist erschrocken. Warum?«

Sie schob den Teller mit den Hühnerknochen von sich weg und machte sich über ihre Pommes her. Mir wurde schon vom Zusehen halb schlecht.

»Na ja, es gibt da so Gerüchte, weißt du. Ein paar Nutten sind in der letzten Zeit verschwunden, und, na ja, alle waren kurz vorher mit diesem Zeus zusammen gesehen worden.«

»Was heißt verschwunden? Untergetaucht, ins Ausland gebracht, ermordet?« Ich stibitzte eine Pommes von ihrem Teller. Reine Abhärtung.

»Keine Ahnung«, sagte Nina. »Keines von den Mädchen ist je wieder aufgetaucht. Auch nicht als Leiche.«

»Kanntest du die Mädchen?«

»Zum Teil. Vom Sehen natürlich alle, aber näher nur eine, Vera.«

»Hat sich Zeus auch irgendwann mal für dich besonders interessiert?« fragte ich.

»Ja«, murmelte Nina. »Das war ungefähr vier Wochen nach Veras Verschwinden.«

»Was hast du da getan?«

»Ich hab ihm gesagt, er solle sich zum Teufel scheren.«

»Hat er das?«

»Mehr oder weniger. Hat zwar noch ein paarmal versucht, mit mir in Kontakt zu treten, hat's dann aber ziemlich schnell wieder sein lassen. Ich kann verdammt zickig sein, wenn ich will«, sagte sie mit resoluter Miene.

»Kann ich mir gut vorstellen«, murmelte ich vor mich hin. »Ach ja, wie hat Vera denn ausgesehen?« Ein plötzlicher Einfall. Wer weiß, vielleicht brachte er uns weiter.

»Tja, wie soll ich sagen? Vom Typ her ziemlich genau gleich wie ich. Dunkle kurze Haare, nicht ganz so dunkel wie meine, aber fast, graugrüne Augen und ähnliche Figur. Wieso?«

»Ach, war nur so 'ne Idee«, sagte ich. Aber innerlich grinste ich: ins Blaue gezielt, ins Schwarze getroffen!

Nina steckte sich eine Zigarette ins Gesicht und kramte in ihrer gelben Plastikhandtasche nach einem Feuerzeug. Paul kam ihr zuvor und bot ihr ein brennendes Streichholz an. Nina nahm einen Zug an ihrer Zigarette, die in einem polierten Holzmundstück steckte, blies das Streichholz aus und lächelte Paul an.

»Hast wohl ein schlechtes Gewissen wegen vorhin, was? Brauchst du nicht, du konntest es ja nicht wissen. Ich kann es nur auf den verdammten Tod noch mal nicht leiden, wenn irgendwelche blasierten Arschlöcher denken, daß das eine angenehme Freizeitbeschäftigung ist, bei der man nebenbei noch ein bißchen Kohle verdient!« Ihr Gesicht wurde wieder hart.

»Glaubst du, daß Zeus irgend etwas mit den verschwundenen Mädchen zu tun hat?« lenkte ich Ninas Aufmerksamkeit wieder auf mich.

»Kann sein«, sagte sie achselzuckend. »Zeus ist das erste Mal vor ungefähr 'nem halben Jahr aufgetaucht. Das erste Mädchen ist vier Wochen später verschwunden.«

»Hat sich denn die Polizei nie um die Angelegenheit gekümmert?« warf Paul ein.

»Die Bullen?« sagte Nina verächtlich. »Die haben hier ein- oder zweimal vorbeigeschaut, und damit hatte sich die Sache. Waren wahrscheinlich froh, daß es wieder ein Nutte weniger gab, die ihnen Schwierigkeiten machen konnte.« Sie drückte ihre angerauchte Zigarette in einem Plastikaschenbecher aus.

»Wieviele sind bis jetzt verschwunden?« fragte ich.

»Fünf. Fünf, die mit Zeus gesehen worden waren, bevor sie verschwanden, meine ich.«

Fünf. Sechs. Simone. Langsam wurde mir einiges klar.

»Okay. Kannst du uns sagen, wo wir diesen Zeus finden?«

»Er ist fast jeden Samstag hier«, sagte Nina.

Ich schaute sie leicht verständnislos an.

»Nein nein, nicht hier drin, draußen im Resselpark. Er parkt seinen Bus meistens oben in der Wiedner Hauptstraße und kommt dann runter zum Park, um das Zeug zu verteilen. Aber wie gesagt, sei vorsichtig, er ist gefährlich. Der versteht keinen Spaß.«

»Hab's kapiert«, murmelte ich.

»Wollt ihr sonst noch was wissen?« fragte sie.

»Nein, ich denke, das war alles. Mir fällt im Moment jedenfalls nichts mehr ein, dir, Paul?«

Er schüttelte den Kopf. Nina stand auf und steckte eine neue Zigarette in ihr Mundstück.

»Danke für die Mitarbeit«, sagte ich und gab ihr die Hand. Sie steckte die fünf Scheine ein, grinste mich an und verschwand Richtung Park.

»Was jetzt?« fragte Paul.

»Nichts. Wir gehen nach Hause. Morgen ist Samstag, da werden wir unserem Göttervater mal 'nen Besuch abstatten.«

Wir schnappten uns die letzte U-Bahn und fuhren zur Kettenbrückengasse. Ich drehte mich immer noch nach allen Seiten um; sicher ist sicher.

Als Paul im Hotel verschwunden war, machte ich wieder meinen inzwischen üblichen Spaziergang nach Hause. Ich dachte daran, daß die eine Woche, die eigentlich ausgemacht war, schon vorbei war; was soll's. Als ich im Bett lag, schlief ich sofort ein.

Neun Uhr abends, Resselpark.

Ich saß mit Paul auf einer der Bänke, vor uns eine Flasche billigsten Fusels; wir wollten nicht unnötig auffallen. Paul hatte wieder seine den Umständen entsprechenden Klamotten an, dieselben wie gestern. Ich trug meine gammeligen Leinenturnschuhe, graue Jeans mit etlichen blauen Flicken und ein blaues Kapuzenshirt, auf dessen Brustseite in schwacher Schrift das Wort *Masterpiece* zu lesen war. Ein Geruch von routinierter Verzweiflung und Hundescheiße lag in der Luft. Ab und zu wurden wir von Pennern um Geld angeschnorrt, aber ich wies sie mit theatralischen Gesten ab; wenn an diesem Ort jemand Geld zu verschenken hatte, kam er entweder von den Bullen oder aus einer psychiatrischen Anstalt.

Wir schütteten uns den ekligen Wein in den Schlund und sahen den Nutten beim Streiten zu. Sie hatten ganz schön harte Sprüche auf Lager. Dann, um ungefähr Viertel vor zehn, sahen wir unser *objet du désir*. Zeus kam den Weg von der Wiedner Hauptstraße runter und hatte ein ungefähr vierzehnjähriges Mädchen an der Hand. Er sah aus, als hätte er ein lebenslanges Abo in einem Bodybuildingcenter, ein Abo, das er auch redlich ausnützte. Dazu kam eine blonde Mähne wie ein nitratgedüngtes Weizenfeld, ein Rauschebart und Armyklamotten im Schneetarndesign. Um seinen Hals und an seinen Fingern hatte er mehr Schmuck als Andre Agassi.

Er setzte sich ein paar Meter von uns entfernt auf eine Bank, öffnete seinen getarnten Seesack und war sofort von Horden von Strichern, Pennern und Fixern umringt. Mit einem leisen Summen und einem Flackern gingen die Laternen an.

Ich schaute mir Zeus etwas genauer an. Irgendwie kam er mir bekannt vor. Ich stand von meiner Bank auf und bedeutete Paul sitzenzubleiben, ging ein bißchen näher ran und betrachtete Zeus im orangefarbenen Licht der Laternen. Ich konnte nicht sagen, was es war, aber irgend etwas in seinem Gesicht erinnerte mich an jemanden, den ich vor kurzem gesehen hatte. Es fiel mir aber ums Verrecken nicht ein.

Ich ging wieder zurück zu Paul.

»Wir warten wohl besser, bis der ganze Trubel hier vorbei ist«, sagte ich und setzte mich hin.

»Und was machen wir bis dahin?«

»Uns mit Fusel betrinken.«

Nach ungefähr einer halben Stunde, in der reges Kommen und Gehen und Zeugverteilen herrschte, waren nur noch das Mädchen, das mit Zeus gekommen war, und eine gleichaltrige, offensichtliche Stricherin bei ihm. Dann gingen die beiden rauf, wahrscheinlich zu Zeus' Wagen. Jetzt wollten auch wir was vom Weihnachtsmann. Wir erhoben uns von der Bank und gingen rüber zu Zeus.

»Äh, hallo«, sagte ich. Verdammt guter Anfang!

»Ich bin Jerry. Kann ich dich mal kurz sprechen?«

Er starrte mich an, im Sitzen noch fast so groß wie ich im Stehen.

»Worum geht's?« fragte er. Seine Stimme klang wie ein Baßlautsprecher.

»Tja, also, es geht um 'ne Freundin von uns. Heißt Simone, nennt sich manchmal auch Lola. Soll angeblich in letzter Zeit mit dir zusammengewesen sein.« Ich zeigte ihm das Foto.

»Kenn ich«, brummte er. »Ist auf'n Strich gegangen. Hatte diesen Scheißkerl Freddy am Hals. Hab sie da weggeholt. Was willst du von ihr? Bist du der Nachfolger von Freddy?« fragte er drohend. Er stand schwerfällig auf. Wie ein Bär. »Wenn du ihr neuer Zuhälter bist, verschwindest du besser von hier.«

Er funkelte mich böse an und versuchte, mich mit seinem Äußeren zu beeindrucken. Es gelang ihm vortrefflich.

»Nein, äh ...« fing ich an.

»Sie geht nicht mehr auf'n Strich«, unterbrach mich Zeus. »Und sie geht auch nicht mit dir mit. Ich hoffe, ich muß nicht deutlicher werden.«

Ich fuhr mir mit dem Handrücken über die Stirn.

»Ich bin nicht ihr neuer Zuhälter«, sagte ich. »Ich bin nur ein Freund von Simone. Will nur mit ihr reden oder ihr wenigstens einen Brief geben.«

Er sah mich mißtrauisch an.

»Kannst den Brief mir geben. Sie kriegt ihn dann schon.« Er fummelte an seinen Goldkettchen herum.

Sah nach einer Sackgasse aus. Okay, Themenwechsel.

»Ist Simone noch mit dir zusammen?« bohrte ich weiter.

»Was meinst du damit?« knurrte er mich an. Sein Blick stand seiner Stimme in nichts nach.

»Na ja, es kursieren ein paar Gerüchte in der Szene, daß die Mädchen, die mit dir zusammen sind, die seltene Gabe haben, sich plötzlich in Luft aufzulösen. Paul und ich sind zwei alte Freunde von Simone, und es würde uns gar nicht gefallen, wenn sie auf einmal vom Erdboden verschwunden wäre, du verstehst?«

Ich mußte wohl irgendwie übergeschnappt sein oder hatte einen Anfall von plötzlicher Sehschwäche, daß ich einen solchen Ton anschlug. Allein aus Zeus' T-Shirt hätte ich mir drei ganze Kollektionen nähen können.

Zeus starrte uns ein paar Sekunden lang an, holte dann einen lederbezogenen Totschläger aus seiner Tarnjacke.

»Ihr haut jetzt besser ab und laßt euch hier nicht mehr sehen. Wenn ihr zwei Pfeifen mir hier noch mal über den Weg lauft, verputz ich euch zum Frühstück!« Wenn man ihn so anschaute, eine durchaus glaubwürdige Drohung.

»Sag mir zumindest, ob Simone noch mit dir zusammen ist«, versuchte ich es ein letztes Mal.

Genau einmal zuviel.

Zeus holte aus und verpaßte mir einen knallharten Schlag auf mein Ohr. Es brannte höllisch. Als die Rute zum zweiten Mal niedersauste, war ich gefaßt und sprang zur Seite. Mein anderes Ohr brauchte ich noch.

»Machen wir, daß wir wegkommen«, rief ich Paul zu. Das brauchte ich ihm nicht zweimal zu sagen. Wir wollten doch nicht, daß sich Zeus' Totschläger zu schnell abnutzte.

Als wir keuchend unter den Laternen an der Wiedner Hauptstraße standen, fragte mich Paul: »Glaubst du, daß er was mit dem Ganzen zu tun hat?«

»Keine Ahnung«, sagte ich und spuckte auf den Boden. »Wir wissen ja noch nicht einmal, ob Simone noch bei ihm ist. Vielleicht ist sie wieder bei diesem Freddy. Turkey, der Typ aus Marys Lokal, hat gemeint, daß das mit vielen Nutten so geht. Vielleicht sind wir Zeus einfach nur auf die Nerven gegangen mit unserer Fragerei.« Ich rieb mir mein schmerzendes Ohr. »Aber ein bißchen heftig reagiert hat er schon.«

Wir gingen die Wiedner Hauptstraße runter und bogen dann in die Phorusgasse ein. Vor der Nummer neun blieben wir stehen.

»Und jetzt?« fragte Paul. »Wie geht's weiter?«

»Wir warten erst mal ab.«

»Worauf denn?«

»Na, daß irgendwas passiert. Die beiden einzigen Spuren, die wir im Moment haben, sind dieser Freddy, den in letzter Zeit keiner mehr gesehen hat, und natürlich Zeus. Zeus haben wir auf den Zahn gefühlt, und Freddy wird wahrscheinlich ebenfalls mitgekriegt haben, daß wir nach ihm, beziehungsweise Simone, suchen – bei den vielen Fragen, die wir in letzter Zeit nach ihm gestellt haben. Wenn Simone mit uns Kontakt aufnehmen will, dürfte es ja kein Problem sein, mich zu finden. Falls einer der beiden Dreck am Stekken hat und sich von unseren Nachforschungen irgendwie bedroht fühlt, werden wir wohl bald was von ihm hören.«

»Was denn?«

»Das weiß ich nicht so genau. Jedenfalls nichts Gutes.« Ich dachte an meine früheren Aufträge zurück. »Aber mach dir darüber keine Sorgen«, sagte ich und betastete wieder mein Ohr. Offenbar hatten es im Moment alle auf mich abgesehen.

»Wenn jemand unangenehmen Besuch bekommt, dann bist das wahrscheinlich nicht du. Geh ins Hotel, schlaf dich aus. Wenn sich was tut, ruf ich dich an. Schau dir inzwischen Wien an. Übrigens, wie hat dir der Abend im *Dirty Deeds* gefallen?«

»Ganz gut«, flüsterte er und wurde ein bißchen rot. »Ich sollte vielleicht noch mal vorbeischauen.«

»Ja, vielleicht. Okay, bis dann.«

»Halt, warte noch! Wie komm ich denn jetzt ins Hotel?«

»Ist ganz einfach: Du gehst jetzt geradeaus, bis du auf die Margaretenstraße kommst. Da biegst du rechts ab und nimmst dann die dritte Straße von links. Dann stehst du direkt vor dem Hotel. Alles klar?«

»Ich denke schon. Gute Nacht.«

Er ging in der samtigweichen Luft die Straße hinunter wie ein verlorenes Kind in einer fremden Stadt.

Was für ein Herzchen.

FÜNF

Montag. Zwei Tage waren vergangen, nichts war passiert. Sah ganz so aus, als hätte ich mich mit meinen Spekulationen und Theorien in etwas rein Hypothetisches verstrickt.

Ich saß in meiner Bude, trank literweise Tee, starrte aus dem Fenster und blätterte ein bißchen in Büchern herum, die ich schon zwei- oder dreimal gelesen hatte. Den gestrigen Tag hatte ich genutzt, um meinem Zimmer einen Hauch dieses Endlagerflairs zu nehmen, ansonsten erholte ich mich von den Strapazen der letzten paar Tage. Eine Schlägerei, aus der ich als Verlierer herausgekrochen war, ein blau gefärbtes Ohr und ein Bummel durch die Rotlichtschuppen mit diesen abgemagerten, traurigen jungen Mädchen aus irgendwelchen Provinzstädten aus der ganzen Welt, die sich nach fünf Monaten in einer Peepshowkabine oder hinter einem Tresen, der von tittengeilen Fettsäcken belagert war, nicht mehr einredeten, es wäre nur vorübergehend, sondern die sich damit abfanden, letzter Abspritzimpuls für einsame und oftmals eklige Typen zu sein. Zum Wachwerden Kaffee und speed, zum Einschlafen Tee und Rohypnol; den ganzen Rest zum reinen Durchhalten.

Ich dachte an Nina, an ihre blaue Brust, ihr irgendwie hübsches Gesicht, aus dem zwei Augen starrten, die alles schon gesehen hatten und die nur noch die Wiederholungen des Ganzen zählten. Ich mußte mich zusammenreißen, um nicht in allzu pathetische oder gewaltfantasiegeprägte Gefilde abzudriften.

Ich schaute mir meine Arme an: keine Einstichspuren mehr. Ich war froher denn je, es hinter mir zu haben. Eine intravenöse Beziehung dauert länger als jede Liebesgeschichte.

Paul war jetzt schon elf Tage hier, und wir hatten Simone immer noch nicht gefunden. Nach kurzen Diskussionen mit verschiedenen Banktypen war es ihm gelungen, die angefangene Woche noch frei zu bekommen. Für mich wäre die ganze Sache eigentlich schon seit Freitag erledigt gewesen. Eine Woche suchen, zehn Riesen, so lautete die Abmachung. Wenn wir Simone nicht fanden, nicht mein Problem; theoretisch zumindest. Denn in der Realität sah das Ganze ein bißchen anders aus. Mein Ehrgeiz war in dieser letzten Woche schlagartig zum Erwachen gekommen. Ich hatte eine lange Zeit nur mit mir selbst, meinen Büchern und meinen Drogen verbracht; eine zu lange Zeit vielleicht.

Ich hatte mich sehr stark von allem isoliert. Nicht, daß ich mich wieder nach meiner Sucht und den Schlägerjobs sehnte, nein, es waren mehr die Leute, die mir abgingen. Nicht einmal so sehr als Freunde, sondern einfach nur als bekannte Gesichter, als Markierungssteine im Ödland der Stadt. Wenn ich jetzt irgendwohin ging, starrte ich in Gesichter, die ich nicht mehr kannte; jünger, kaputter, fremder. Ich rief manchmal beim Doc an, aber er war meistens beschäftigt; die Arbeit, Kunden, Könige und so weiter. Ansonsten hatte ich mit meiner Drogensucht auch die meisten meiner früheren Kontakte beendet. In der Therapie hatten sie zwar alle wunderbare Ratschläge, so zum Beispiel, man sollte sich von den alten Freunden fernhalten; wie man aber Freunde außerhalb der Szene fand, wenn man eine Ewigkeit Junkie gewesen war, sagten sie einem nicht. Mit einem Wort, ich mußte wieder mehr unter Leute kommen.

Der andere Grund, weshalb ich Simone jetzt unbedingt finden wollte, war der, daß ich mir beweisen wollte oder mußte, daß ich mich in der Szene noch durchsetzen konnte, und zwar ohne harte Drogen. Dabei hatte das Ganze weniger mit der Person Simone zu tun, ich hatte sie ja immerhin fast vier Jahre nicht mehr gesehen, sondern entsprang einfach diesem kindischen Drang, mir ein Aufgabe zu stellen und diese auch zu lösen. Wenn man eine potentielle Lösung für seine Probleme hat, sollte man auf tiefgehende Autopsychoanalyse pfeifen.

So mit der Zeit wurde ich ganz kribbelig von dieser planlosen Warterei. Es dauerte allerdings nicht lange, da hatte ich den Schlamassel, den ich anscheinend unbedingt wollte.

Fünf Uhr nachmittags. Es goß in Strömen. Trotz der frühen Stunde war der Himmel beinahe schwarz und ein einziges dunkles Fließen. Ich stand am Fenster und beobachtete aufgeregte junge Mütter, die ihre Kinder aus der gegenüberliegenden Schule direkt in die schützenden Autos zerrten. Die Leute, die aus dem Postamt traten, mühten sich mit ihren Schirmen ab, die der Wind zu ungewohnten und vom Hersteller wohl kaum beabsichtigten Konstruktionen verbog. Direkt unter meinem Fenster stand ein rotes Golf Cabrio mit geschlossenem Verdeck.

Ich machte mir eine Kanne Tee, baute einen Joint, setzte mich ans Fenster und betrachtete die sich biegenden Bäume in dem kleinen Park links hinter der Leibenfrostgasse. Bei dem Sauwetter kamen mir der Tee und der Flugstengel doppelt so gut vor wie sonst.

Ich goß mir gerade die dritte Tasse ein, als ich glaubte, ein Läuten an der Haustür gehört zu haben. Ich angelte mir die Fernbedienung, stellte die Musik (*Codeine*) leiser und wartete auf das neuerliche Klingeln. Es erfolgte keines. Ich widmete mich wieder den Bäumen, als ich es hörte, diesmal ganz deutlich. Vielleicht war es Paul, der einen Spaziergang gemacht hatte, vom Regen überrascht wurde und sich nun bei mir ein wenig ausruhen wollte. Oder aber dieser Braunmensch von der Post, der mir wieder mit seinen Rundfunkgebühren auf die Nerven fallen würde. Ich würde ihm zuerst das durchgeschnittene Radiokabel zeigen und dann die kalte Schulter.

Ich drückte meinen Joint sorgfältig im Blumentopf aus, stellte die Teetasse auf den Tisch und ging zur Tür.

Die blauschimmernde Knarre, deren Mündung auf mein Gesicht zeigte, sah trotz ihrer Kompaktheit bedrohlich aus. Die metallisch glänzende Schönheit schob sich ein bißchen an meine Nase heran und bedeutete mir, zurück ins Zimmer zu gehen. Wer könnte sich einer so sanften Aufforderung widersetzen?

»Hab ich's dir nicht gesagt, daß ich's dir noch heimzahlen werde, Scheißjunkie?« fragte Udo. Was für ein Herzchen. Er machte die Wohnungstür hinter sich zu, drängte mich ins Zimmer, deutete mit der Knarre auf einen Stuhl und setzte sich auf den anderen.

»Hallo, Udo«, sagte ich. »Scheißwetter, nicht wahr? Möchtest du vielleicht ein Tasse Tee? Ist ganz frisch gemacht.« Ich deutete auf die Kanne aus weißem Porzellan, die auf dem Tisch stand.

»Spiel bloß nicht schon wieder den Klugscheißer!«

warnte er mich. »Du weißt doch noch, wie es dir das letzte Mal ergangen ist, oder?«

Er fuchtelte mit seiner Knarre herum. Sie zeichnete abstrakte Figuren in die Luft.

»Etwas besser als dir, schätze ich«, sagte ich mit zuckersüßem Lächeln. »Wie ich sehe, hat mein Schlüsselkuß einen bleibenden Eindruck auf dich gemacht.« Er rieb sich die blaurot geschwollene Narbe an seiner rechten Wange. Sie paßte ziemlich gut zu seiner restlichen Erscheinung. Er sah wirklich entzückend aus.

»Wenn du weder Tee noch eine in die Fresse willst, was machst du dann hier?« fragte ich und lehnte mich im Stuhl zurück.

»Mach nur weiter so«, sagte er und verschränkte die Arme hinter dem Kopf. »Du bekommst gleich alles retour.«

Er streichelte seine Waffe. Ich bekam eine leichte Gänsehaut, ansonsten war ich entspannt. Der Joint vorhin hatte mich cool gemacht. Einzig das Ohr, an dem Zeus seinen Totschläger ausprobiert hatte, tat mir ein bißchen weh.

»Wunderst du dich denn gar nicht, daß ich bei dir aufgetaucht bin?« fragte Udo und grinste mich selbstsicher an. Seine Zähne strahlten mich wider Erwarten vollzählig an.

»Nicht sonderlich. Ich weiß doch, daß euch Naziherzchen alle hassen, daß ihr als Kinder nicht geliebt wurdet und daß euch die Lehrer absichtlich schlechte Noten gaben. Ich nehme an, daß du dich jetzt deshalb bei mir ausheulen willst, weil du dir keinen Psychiater leisten kannst.«

Udo lief so rot an wie die kommunistische Bedrohung, die in seinem Schädel herumspukte. Immerhin hatte er heute diese dämliche Schleife nicht am Arm.

»Langsam ist dein Konto voll«, knurrte er. »Ich bin eigentlich ein friedlicher Mensch, aber ich warne dich, treib es nicht zu weit!«

Ich trank noch einen Schluck Tee und schaute zum Fenster rüber. Immer noch klatschten die Regentropfen waagrecht gegen die Scheiben. Dann musterte ich kurz Udo mit seinem Spielzeug. Wer mit einer Knarre in der Hand herumspazierte, würde sie entweder sowieso verwenden, ob man ihm nun gut zuredete oder nicht, oder aber er war nur ein Bluffer. Beim Schrumpfkopfherzchen tippte ich eher auf letzteres.

»Du hast dich da in letzter Zeit für ein paar Dinge interessiert, für die du zu deinem eigenen Besten lieber kein Interesse haben solltest«, sagte Udo. Hatte der Blödmann einen Rhetorikschnellkurs besucht oder den Satz auswendig gelernt?

»Ich weiß nicht, was du meinst«, erwiderte ich scheinheilig. »Geht es um die Simulationstheorien von Baudrillard? Die Theorie der Postmodernen Kunst nach Lyotard?«

Udo schenkte mir wieder einen Blick auf seine Zahnreihen.

»Tu dir keinen Zwang an, mach weiter. Ich notiere alles in meinem Kopf.«

»Verdammt!!« rief ich aufgebracht. »Das hättest du mir gleich sagen sollen, dann hätte ich weniger geredet. Ich will dich doch nicht überfordern, wo du doch schon die schwere Pistole mit dir rumschleppen mußt.«

Udo, das Herzchen mit Sinn fürs Dramatische, griff nach meiner noch halbgefüllten Teetasse und zerbrach sie mit einem Druck seiner schwieligen Hand. Er ließ die Porzellanscherben auf den Tisch fallen und wischte sich das Blut und meinen *Earl Grey* an der Hose ab. Offensichtlich trank er sein Bier nur aus Flaschen; zu seiner eigenen Sicherheit. Ich war ehrlich beeindruckt.

»So wird es gleich deinem Schädel ergehen«, fauchte er mich an. »Wenn ich mit dir fertig bin, siehst du so aus wie das da.« Er deutete auf den blutigen Scherbenhaufen. »Wir wollen doch nichts überstürzen, Udo, tu mir einen Gefallen und trink eine Tasse Tee mit mir. Erzähl mir zumindest, wer dich geschickt hat, dann kannst du mir meinetwegen eine in die Fresse geben. Ich weiß nur gern, weshalb ich mich eine Woche nicht mehr rasieren kann.«

»Von mir aus. Nur zu, laß mich deinen verdammten Tee probieren.« Ich ging in den Vorraum und holte zwei saubere Tassen.

»Willst du auch Milch?«

»Sicher, warum nicht?«

Ich öffnete den Kühlschrank und zog vorsichtig den Klebstreifen, der an der Innenseite der Tür befestigt war, weg. Drunter kamen meine zehn Trips, die ich vom Doc gekauft hatte, zum Vorschein. Im Kühlschrank blieben sie länger frisch und verloren ihre Wirkung nicht so schnell.

Ich riß das Papierstück in zwei Hälften, klebte die eine wieder an die Tür, steckte die andere in meine Hosentasche, nahm die Milch heraus und ging zurück zu Udoherzchen.

»Schau dich ruhig um«, sagte ich und schenkte den Tee ein. »Fühl dich wie zu Hause.«

»Wenn du glaubst, daß du es auf diese freundliche

Tour schaffst, einer Spezialbehandlung zu entgehen, hast du dich aber getäuscht.«

Er stand dennoch auf und spazierte im Zimmer herum. Ich warf die Trips in seinen Tee und hoffte, er würde sich lange genug mit meiner CD-Sammlung beschäftigen, damit sein *Earl Grey* auch richtig ziehen konnte. LSD löst sich im Wasser auf, und als ich den Fetzen nach ungefähr einer Minute wieder rausfischte, war ich ziemlich sicher, daß dieser Tee seine aufmunternde Wirkung nicht verfehlen würde. Nun mußte ich ihn nur noch so lange davon abhalten, mir ans Leder zu gehen, bis das Zeug zu wirken anfing. Normalerweise war das ungefähr eine halbe bis eine Stunde, aber bei dieser Dosis würde es hoffentlich schneller gehen. Und dann wäre ich für Udo mit ein bißchen Schauspielkunst der Leibhaftige in Person.

»Wie gefallen dir denn meine CDs?« wollte ich wissen.

Udo drehte sich um und sagte: »Na ja, ein paar sind nicht übel. Die neue *Ice-T* zum Beispiel. Hab ich auch zu Hause.«

Ich dachte, ich hör nicht recht. War offensichtlich ein rechter Schrumpfkopf, haßte Neger, Schwule, Juden oder wer ihm gerade über den Weg lief und stand auf Rap!

»*Ice-T* ist ein Schwarzer«, sagte ich vorsichtig.

»Weiß ich.« Er zuckte mit den Achseln. »Die CD ist trotzdem okay.«

»Ich dachte, ihr Nazis haßt die Schwarzen, unter anderem.«

»Nein, nicht alle. Nur die hier in Wien. Wenn dieses ganze Gesocks in Amerika oder sonstwo lebt, ist mir das egal. Nur nicht hier in Österreich.« Welch geistreiche Rede! Er schob die CD zurück ins Regal.

»Ist das nicht ein wenig inkonsequent, ich meine, bei eurer politischen Einstellung?«

»Was heißt hier politische Einstellung? Politik interessiert mich einen Dreck. Diese ganzen Bonzen verarschen doch das Volk nur!« Er wurde ein bißchen rot im Gesicht.

»Aha«, sagte ich, so schlau wie vorher.

Udo setzte sich wieder an den Tisch, beäugte den Tee eine Sekunde lang mißtrauisch und schlürfte ihn dann mit langen Schlucken runter. Teil eins war geschafft!

»Du hast vorhin auf deine unnachahmlich charmante Art angedeutet, daß dich jemand geschickt hat, um mir 'ne kleine Abreibung zu verpassen, damit ich meine Schnüffeleien sein lasse. Mich würde nur interessieren, ob du von Freddy oder von Zeus kommst.«

Udo schaute mich verständnislos an.

»Freddy? Du meinst doch nicht etwa diesen miesen kleinen Zuhälter, oder doch?« Er fing an zu lachen. »Also nein, du traust mir zu, daß ich für so jemanden arbeite? Freddy – wirklich ein guter Witz. Der trägt wahrscheinlich immer noch ein Gipsarmband ums Handgelenk.« Okay, blieb also Zeus.

»Was habt ihr Schrumpfköpfe denn mit Zeus zu tun?« fragte ich.

»He, he. Überleg dir genau, was du sagst, ja? Was wir mit Zeus zu tun haben? Mann, weißt du das denn immer noch nicht? Hast du keine Augen im Kopf?« Wieder ein lückenloses Grinsen.

Ich dachte an die schmerzhafte Begegnung mit Zeus im Park und an dieses Déjà vu-Gefühl. Plötzlich wußte ich, an wen mich Zeus damals erinnert hatte.

Der Hüne aus der U-Bahn! Er und Zeus mußten Brüder sein!

»Zeus und dein Kumpel aus der U-Bahn sind miteinander verwandt, stimmt's?«

»Stimmt genau, Klugscheißer. Zeus und Karli sind Brüder. Ich dachte, das wäre dir längst klar gewesen, als du unseren Sozialarbeiter im Park gesehen hast. Bist anscheinend doch nicht so ein Schlauberger, was?«

Ich schaute auf meine Uhr. Es waren erst fünfzehn Minuten vergangen. »Woher weißt du eigentlich, wo ich wohne?« fragte ich.

»Bin dir nachgegangen. Zeus rief mich an, als du und dieser Schleimer aus dem Park verduftet seid, und ich bin euch einfach gefolgt. Kein Problem.« Natürlich, kein Problem. Wir hatten ja auch höllisch auf Verfolger geachtet.

»Weißt du, ob Simone bei Zeus ist?«

»He, verdammt, seh ich aus wie'n Auskunftsbüro oder was? Ach, was soll's, du hast ja doch keine Chance. Ja, sie ist bei ihm. Aber wie gesagt, das wird dir nichts nützen.« Er fuhr sich mit der Hand über seine Stoppeln und wischte sich einen Schweißtropfen von der Stirn.

»Ist dir heiß?« fragte ich. »Du siehst verschwitzt aus.«

»Kommt von deinem verdammten Tee«, murmelte er.

Es wurde Zeit, das Ganze etwas in Schwung zu bringen. Da man unter LSD sehr leicht beeinflußbar ist, vor allem, wenn man vorerst von seinem Glück gar nichts ahnt, würde es wohl nicht allzu schwer sein, Udo ein paar anheimelnde Panikanfälle zu bescheren.

»Nimmst du eigentlich Drogen, mein Herzchen?« fragte ich.

»Spinnst du? Ein Skin rührt das Zeug nicht an!« sagte er im Brustton der Überzeugung, oder was er dafür hielt. »Alk ja, aber Drogen nie!«

Er zog den Reißverschluß seiner grünen Bomberjacke runter und griff sich an die Kehle. Ein sicheres Zeichen, daß das Zeug langsam wirkte.

»Verdammt, ist mir heiß! Ich hätte diesen blöden Tee nicht trinken und dir statt dessen gleich eins in die Fresse knallen sollen!« Er legte die Knarre auf den Tisch und zog sich die Jacke aus.

»Willst du ein kaltes Bier?« War ich nicht wirklich ein perfekter Gastgeber?

»Ja, ich glaub, das könnte ich jetzt gebrauchen.« Wenn er jetzt noch mit einem Bier nachspülte, würde es sich nur noch um Sekunden handeln, bevor er abhob. Ich ging zum Kühlschrank, holte mein letztes *Wieselburger* heraus und gab Udo die Flasche. Er hielt sie an den Mund und leerte sie in drei Zügen. Ein Profi.

»Weißt du, wie LSD wirkt?«

»Nein, verdammt«, keuchte er. »Ich hab dir doch gesagt, daß ich den Dreck nicht anfasse.« Er fuhr sich mit der Hand übers Gesicht.

»Du meinst, daß du das Zeug nicht absichtlich anfaßt, oder?«

»Was soll denn das nun wieder heißen?« Er sah mich mit großen, leicht schielenden Augen an. Er hatte es immer noch nicht kapiert. Ich schaute wieder auf die Uhr; fünfundzwanzig Minuten. Zeit für Teil zwei.

»Was glaubst du denn, weshalb du dich so komisch

fühlst? Du fühlst dich doch komisch, oder nicht? Benebelt, etwas verwirrt, siehst alles ein bißchen verschwommen, hörst seltsame Geräusche, nicht wahr?«

Udo schraubte sich langsam und mit Mühe vom Stuhl hoch und torkelte durchs Zimmer. Ein einziger starker Trip konnte unter Umständen sogar einen acidhead umhauen, fünf Trips waren für einen Anfänger die Hölle auf Erden.

Ich nahm die Pistole vom Tisch und versteckte sie im Vorraum unter einem Altpapierstapel. Dann kam die Einführung in die Wirkung von Suchtgiften.

»Fühlst du dich gut, Udo?« fragte ich.

»Nein, verdammt, mir geht's beschissen!«

»Keine Sorge, Herzchen, es wird gleich noch wesentlich schlimmer. Ich hab dir ein paar Trips in den Tee geworfen. Du weißt schon, LSD. Fünf Stück, um genau zu sein.«

Udo starrte mich an, der Schweiß quoll in dicken Perlen aus den Poren seines Gesichts, seine Haare waren kurze glänzende Stoppeln und seine Kieferknochen waren unnatürlich aufeinandergepreßt, was ein schmierendes und knirschendes Geräusch verursachte, wie nasser Sand, der unter Gummiturnschuhen zertreten wird. Er war voll drauf.

»Du Schwein, du gottverdammtes Schwein! Ich leg dich um, du Schwein!«

Er suchte das Zimmer nach seiner Knarre ab. Als er sie nicht fand, rastete er völlig aus. Er wollte sich auf mich stürzen, verfehlte mich aber um gut einen Meter und krachte in einen Plastiksack voll von Aludosen, der neben dem Kühlschrank stand. Thunfischdosen lagen neben Tomaten- und Bohnendosen und wetteiferten um den größten Gestank. Udo rappelte sich mühsam wieder hoch und wischte sich eine fischige Ölspur von der Stirn.

»Gib mir ein Gegenmittel!« brüllte er. Ich lachte ihm ins Gesicht.

»Udo, mein Herzchen, es gibt kein Gegenmittel. Du wirst es wohl durchstehen müssen. Aber halb so wild, ich denke, länger als zwanzig Stunden wird es nicht dauern. Ach ja, noch ein kleiner Tip: trink ab und zu mal was, am besten Orangensaft. Könnte sonst nämlich sein, daß du einfach zusammenklappst und liegenbleibst. Stell dir vor, das passiert im fünfzehnten Bezirk. Ich bin sicher, die Leute, die dort leben – wie sagt ihr so schön? – Kanaken und Tschuschen, würden sich über so ein Geschenk des Himmels freuen.« Er sah aus wie ein gehetztes Tier. Ich dachte an den Vorfall in der U-Bahn, er tat mir nicht im geringsten leid. Vielleicht änderte Udo ja nach einer Audienz beim Teufel seine Einstellung.

»Tja, Udo, ich würde mich wirklich gerne noch ein Weilchen mit dir unterhalten, aber ich bin müde und will ins Bett. Wenn es draußen so stürmt und pißt, ist es doch im eigenen Bett immer noch am gemütlichsten. Hab ich nicht recht?« Ich packte ihn am linken Ohr, zog ihn zur Tür und warf ihn ins Stiegenhaus.

»Ich denke, den restlichen Weg kennst du schon. Einfach nur nach unten. Und, viel Spaß in der Hölle!«

Ich ging zum Fenster und registrierte mit Befriedigung, daß der Sturm noch um einiges zugelegt hatte. Allerdings bezweifelte ich, daß Udo *I'm singing in the rain* vor sich hinträllern würde. Nein, das würde er ganz bestimmt nicht.

Jetzt hatte ich endlich Klarheit. Freddy konnte ich getrost vergessen, wenn Udos freizügige Plaudereien wahr waren. Daß die Schrumpfköpfe auch mit von der Partie waren, wunderte mich jetzt, da ich wußte, daß Zeus und der U-Bahn-Hüne Brüder waren, nicht mehr.

Ich würde diesem Göttervater mal einen Besuch abstatten. Diesmal hatte ich ja eine Knarre.

Ich ging zum Altpapierstapel und holte sie hervor. Es war ein *Colt Mustang*, ein ganz neues Modell. Kostete mindestens acht Riesen. Ich strich über den kurzen Lauf und ließ das Magazin herausgleiten. Sieben Schuß. Ich hatte eigentlich nicht erwartet, daß das Baby geladen war. Ich wog es in der Hand. Kaum mehr als ein halbes Kilo. Ein handliches Ding. Als ich noch für den Doc gearbeitet hatte, herrschte immer striktes Schußwaffenverbot; zu großer Ärger mit den Bullen, falls sie einen erwischten. Allerdings kannte ich mich mit Knarren aus: ein paar Freunde, ein unbebautes Grundstück, ein paar Nachmittage nichts Besseres zu tun.

Ich legte die Pistole zurück unter den Papierstapel und grinste. Zeus würde Besuch von Hermes bekommen. Bald.

SECHS

Vier Tage waren vergangen. Vier Tage hatte ich Zeit gehabt, die ganze Sache mal ein bißchen ins Rollen zu bringen und die Zügel in die Hand zu nehmen. Ich machte ein paar Telefonate, wärmte alte Kontakte auf, organisierte ein paar Dinge. Heute war Samstag, und Zeus würde wohl wieder seine Samaritertour abziehen. Aber diesmal nicht alleine.

Ich rief Paul im Hotel an.

»Die Schrumpfköpfe waren vor ein paar Tagen bei mir, genauer gesagt einer.«

»Wer?« fragte Paul.

»Udo, unser alter U-Bahnfreund. Du weißt schon, der, der sich so brennend für meine Schlüsselsammlung interessiert hat.« Ich lehnte entspannt an der Wand und zählte wieder mal die Wasserflecken an der Decke. Würde mir bald 'nen Taschenrechner zulegen müssen.

»Was hat er gewollt?«

»Ach, nicht viel. Wir haben ein bißchen Tee getrunken, uns über Musik und Drogen unterhalten. Leider mußte er früh gehen.«

»Meinst du, die kommen auch zu mir?« Ich konnte seinen mit Deo versetzten Angstschweiß fast durchs Telefon riechen.

»Keine Sorge, Paul. Unser Udo wird den Karlsplatz und die Kettinger in den nächsten paar Wochen nur noch aus der Ferne betrachten. Außerdem wird er wohl eine Getränkephobie gegen Tee und alle unverschlossenen Flüssigkeitsbehälter entwickeln.« Ich setzte mich aufs Bett.

»Was für eine Phobie?«

»Vergiß es. Hör zu, du bleibst ab jetzt rund um die Uhr in deinem Zimmer. Du gehst nicht einkaufen, nicht spazieren, du gehst nicht mal runter in den Aufenthaltsraum, ist das klar? Sperr die Tür ab und warte neben dem Telefon. Wenn du Hunger hast, laß den Zimmerservice raufkommen. Hast du alles verstanden?« Ich wechselte den Hörer aufs linke Ohr.

»Ja, schon«, antwortete er zaghaft. »Würdest du mir vielleicht auch noch erklären, was das Ganze soll?« Ich hörte ihn schlucken.

»Ganz einfach: ich werde Simone holen.«

»Was, du weißt, wo sie ist?« Paul war ganz aufgeregt.

»Nein, noch nicht. Aber bald. Laß Simone meine Sorge sein. Bleib du einfach nur auf deinem Zimmer, klar?«

»Okay, wenn du meinst. Wie lange wird das Ganze denn dauern?«

»Verdammt, Paul, woher soll ich denn das wissen? Willst du 'nen minutengenauen Terminplan?« Ich knallte den Hörer auf die Gabel. Es klang wie eine verspätete Neujahrsexplosion.

Ich ging zum Waschbecken, spritzte mir pro forma ein bißchen Wasser ins Gesicht, putzte mir die Zähne und zerrte ein paar Klamotten aus dem Kleiderkasten; Jeans, T-Shirt, Lederjacke. Dann schnürte ich meine alten Springerstiefel, steckte die Knarre ein und machte mich auf zum Resselpark.

Ich war um acht dort. Die Sonne war langsam am Verschwinden und beleuchtete mit ihren letzten Strahlen ein paar unwirklich aussehende Häuserfassaden. Aber um sie machte ich mir keine Sorgen, anders als die jungen Nutten würde sie am nächsten Morgen wieder auftauchen.

Ich ging nicht sofort zum Park runter, sondern suchte erst die Parkplätze an der Wiedner Hauptstraße nach etwas ganz Bestimmtem ab. Ein paar blickschweifende Augenblicke, bingo!, da war's! Ich ging zum Motorrad und legte meine Hand vorsichtig an den Auspuff. Verdammt, war das heiß! Ich blies auf meine Finger und öffnete den Tankdeckel. Voll. Probierte den Helm an, der am Spiegel hing. Etwas wakkelig, paßte aber im großen und ganzen. Ich holte den Zündschlüssel aus der Lenkertasche, hängte mir den Helm an den Ellbogen und ging runter zum Park. Ich suchte mir einen halbwegs sauber aussehenden Busch aus und hielt mich so diskret im Hintergrund wie ein Finanztycoon.

Stunden vergingen. Penner tauchten auf und gossen sich ihren Fusel in die Leber, die Nutten hielten ihre üblichen Streitgespräche ab, und die Dealer diskutierten über Hasch- und Mohnanbaugebiete. Inzwischen war es stockdunkel geworden, und von Zeus noch keine Spur. Ameisen krochen mir die Hosenbeine entlang rauf zu meinen Boxershorts, eine Spinne hatte sich in meinem Helm eingenistet und mein Magen gab furchtbare Geräusche von sich, die von einem versäumten Frühstück und Mittagessen zeugten. Als ich die vierhundertelfte Ameise zerquetscht hatte, hatte ich die Schnauze langsam voll. Ich wollte mich eben geschlagen aus den vollgepißten Sträuchern schälen, als ich ihn sah. Er stampfte den Weg herunter wie eine Litfaßsäule, die Werbung für ein Söldnermagazin macht. Ich hoffte, daß er seinen Bus oben an der Straße geparkt hatte.

Kaum war er im harten orangefarbenen Laternenlicht in Erscheinung getreten, wurde er auch schon von den üblichen Pennern, Junkies und Strichern umringt. Er verteilte brav seine Spritzen, Gummis und Süßigkeiten, war aber offensichtlich auf der Suche nach jemandem, denn er drehte sich andauernd in alle Richtungen. Vielleicht wollte er nur überprüfen, ob Udos Warnung Erfolg hatte. Plötzlich hellte sich sein Gesicht auf, er erhob sich schwerfällig von der Bank und ging auf ein junges Mädchen zu, das eben gekommen war. Er begann, wild gestikulierend auf sie einzureden, offensichtlich ohne Erfolg. Das Mädchen schüttelte stur seinen Kopf und machte abwehrende Handbewegungen. Zeus drehte sich um, spuckte auf den Boden und keuchte den Weg zur Hauptstraße hinauf. Er schien verdammt wütend zu sein, denn er fegte einen Penner, der ihn um Geld anbettelte, mit einer beiläufigen Handbewegung in die Büsche. Der verblüffte Penner setzte sich auf und schickte Zeus einen Schwall Verwünschungen hinterher. Ich kroch aus meinem duftenden Versteck und hetzte Zeus nach. Auf der Wiedner Hauptstraße blickte ich mich kurz um und sah Zeus, wie er eben in seinen Bus einstieg. Ich rannte zum Motorrad, stülpte mir den Helm über den Kopf, startete die Maschine und jagte ihm nach.

Eine Kawasaki Z 1000 ist trotz ihrer Motorleistung ein relativ handliches Gerät. Ich hatte keine Probleme, Zeus in seinem altersschwachen Bus zu folgen. Es war schon fast elf Uhr, und der Verkehr hielt sich in Grenzen. Zeus beachtete peinlich genau die Geschwindigkeitsbegrenzung. Er war auch sonst ein eher vorsichtiger Fahrer und hielt sich immer auf der Innenspur. Daß ihn die Auseinandersetzung mit dem Mädchen vorher aufgeregt hatte, war an seinem Fahrstil jedenfalls nicht zu erkennen. Ich folgte dem Bus die Linke Wienzeile entlang, wo er dann rechts abbog und den Mariahilfer Gürtel Richtung Westbahnhof hinauffuhr. In der Höhe des Bahnhofs bogen wir links in die Felberstraße ein und pöttelten gemütlich auf dieser entlang, bis sie in die Linzerstraße mündete.

Die Linzerstraße ist die Verlängerung der Felberstraße, was hieß, daß wir auf dem Weg aus der Stadt raus waren. Da hier noch weniger Verkehr herrschte als vorhin, ließ ich mich ein bißchen zurückfallen und streifte die vorbeiziehenden Häuser mit einem gleichgültigen Blick. Ich wollte nicht, daß Zeus andauernd einen Motorradfahrer in seinem Rückspiegel kleben hatte wie eine tote Fliege.

Nach knapp zehn Minuten kamen wir an die Endstation der Straßenbahnlinie neunundvierzig. Zeus bremste, bog dann rechts ab und stellte den Bus auf einem Parkplatz ab. Ich blieb in sicherer Entfernung stehen, schaute mich ein bißchen um und wartete. Ein Imbißstand, der geschlossen war – er hieß *Zum bladen Wickerl*, ich mußte an Mary denken –, ein ebenfalls geschlossenes Chinarestaurant und ein paar Autos, die auf dem Parkplatz standen. Weiter hinten konnte ich ein paar teuer wirkende Villen und eine Kirche im dämmrigen Licht erkennen, das der Halbmond herunterschickte. Was zum Teufel wollte Zeus hier?

Ich stellte das Motorrad auf der Straße ab und ging hinter Zeus her. Er marschierte langsam die schmale, fahl beleuchtete Straße hoch, ohne sich auch nur einmal umzusehen. Er schien sich verdammt sicher zu sein. Nach ein paar Minuten blieb er neben einem

Zaun stehen, rüttelte an den morschen Latten, zog sich dann hoch und war mit einem Sprung hinter der Bretterwand verschwunden. Ich wußte, wo er hin wollte. Auf dem umzäunten Grundstück stand ein altes, verlassenes Haus, das beinahe vollständig eingestürzt war. Früher hatten hier einige Obdachlose gewohnt, was dem Haus den Namen *Sandlervilla* einbrachte. Heute kamen nur noch ab und zu ein paar Jugendliche vorbei, die hier kifften oder die Freuden des Sexuallebens ausprobierten; manchmal kamen auch Fotografen, die eine geeignete Kulisse für ihre Aufnahmen suchten.

Ich ging außen am Zaun entlang, suchte nach der Brettertür und zog daran. Mit einem leisen Quietschen ging sie auf. Ich hatte diese Gymnastik à la Zeus nicht nötig. Ich blieb am Zaun stehen und schaute zum Haus, konnte aber niemanden sehen. Okay, rüber zur Ruine. Überall lag Gerümpel herum, an dem ich mir die Zehen und Schienbeine anstieß. Vor dem Haus verschnaufte ich kurz. Schon fast sieben Wochen keine einzige Zigarette geraucht und trotzdem noch so verdammt kurzatmig!

Eigentlich hatte ich irgendein Geräusch erwartet, etwas, das mir zeigte, wo Zeus war, aber so sehr ich auch die Ohren spitzte, ich hörte nur ein paar Grillen und den Wind, der durch die Bäume strich. Ich schaute mich noch mal kurz um und kroch langsam eine Rampe, die eine Art Hintereingang war, hoch. Ich stand jetzt dort, wo sich früher, als das Haus noch intakt gewesen war, die Terrasse befunden hatte.

Scharfäugig starrte ich in das modrige Dunkel, sah und hörte aber immer noch nichts. Nicht einmal Ratten auf Nahrungssuche. Verdammt! Ich tastete mich die Rampe wieder hinunter und schob mich links an der halbverfallenen Mauer entlang. Diese verfluchte Dunkelheit! Natürlich hatte ich Idiot nicht daran gedacht, eine Taschenlampe mitzunehmen. Ich steckte die Knarre etwas tiefer in meinen Hosenbund und stolperte vorwärts, setzte immer einen Fuß vor den anderen, ganz vorsichtig. Als ich an der Ecke war und hinter das Haus schaute, sah ich den Schuppen. Es war ein Gartenhäuschen aus Fertigteilen, eigentlich für Schrebergärten von Rentnern gedacht. Er schimmerte schwach im Halbmondlicht. Aus dem Inneren war jetzt deutlich eine Stimme zu hören. Ich ging näher ran.

»Hast du schon wieder an diesen verdammten Fesseln rumgerissen, verflucht noch mal?«

Zeus!

Ein Rumpeln, dann eine andere Stimme.

»Au, verdammt, du Fettsack, paß gefälligst auf!«

Simone! Ich hatte sie schon fast vier Jahre nicht mehr gesehen, aber diese Stimme würde ich unter Tausenden wiedererkennen. Klang nicht gerade, als ob sie freiwillig hier wäre. Aber immerhin lebte sie noch. Ich mußte sie nur noch da rausholen. Kein Problem, wenn sich außerdem ein Riese, der mir gedroht hatte, mich zum Frühstück zu verputzen, in dem Schuppen befand. Immerhin, es war schon fast Mitternacht; vielleicht hatte Zeus schon gegessen.

Ich schob mich leise an der rechten Seitenwand des Schuppens nach vorn. Das ganze Ding war ungefähr fünf Meter lang. Ich fragte mich, ob Zeus hier auch wohnte oder nur seine aktuellen Mädchen gefangen hielt. Verflucht! Mein Schienbein war gegen einen Ziegelhaufen gestoßen. Ich bückte mich und rieb mir die schmerzende Stelle. Tat verdammt weh. Dann atmete ich zweimal kurz durch und nahm die Knarre aus dem Hosenbund.

Ich stand vor der Tür und spähte angestrengt durch den hellen Spalt zwischen Türrahmen und Tür. Er war allerdings zu schmal, um etwas erkennen zu können. Na gut, was soll's, würde das Ganze eben eine Alles-oder-nichts-Aktion werden! Ich wartete, bis ich Zeus' Schritte am hinteren Teil der Baracke hörte, atmete noch ein letztes Mal tief durch, spuckte auf den Boden und riß die Tür auf.

Zeus stand ungefähr vier Meter von mir entfernt und starrte mich mit einem leicht amüsierten Gesichtsausdruck an. Die Knarre, die ich auf seinen blöden Schädel richtete, schien ihn nicht im geringsten zu beeindrucken. Er steckte seine rechte Hand in die Außentasche seiner Tarnjacke und kam auf mich zu. Schlagartig verengte sich mein Gesichtsfeld zu einer Röhre, an deren einem Ende ich stand und am anderen Zeus, der sich bedrohlich auf mich zuschob. Plötzlich eine schnelle Bewegung, ein pfeifendes Geräusch, dann ein brennender Schmerz in meinem rechten Unterarm. Die Knarre fiel wie in Zeitlupe zu Boden. Zeus schwang kalt lächelnd seinen Totschläger, der die angstgeschwängerte Luft duchschnitt. Eine schöne Scheiße war das!

Ich blickte mich fieberhaft im Raum um. Da! Eine Bauarbeiterschaufel, zumindest der Griff davon. Ich stürzte zur Seite, packte ihn, wog ihn in der Hand. Er schien schwer genug zu sein. Ich sprang blindlings nach vorn und verpaßte dem immer noch grinsenden Zeus einen Hieb seitlich auf den Hals. Eine seiner Goldketten platzte auf und glitt leise klirrend an seinem Körper entlang zu Boden, aber Zeus, der Blödmann, wackelte nicht mal mit den Ohren! Ich sah den Totschläger wieder auf mich zukommen, wich zur Seite aus und knallte Zeus den Stiel mit voller Wucht gegen das Schienbein. Das wirkte! Reflexartig schnellte sein Oberkörper nach vorn, und während Zeus noch sein Schienbein abtastete, ließ ich das Hartholzstück auf seine Schultern niedersausen, daß es nur so eine Freude war! Ich hatte die beiden Treffer seines Totschlägers nicht vergessen, das Scheißohr tat mir immer noch weh. Es gab ein Geräusch von splitterndem Holz, Zeus sackte in die Knie und fiel schließlich mit einem dumpfen Knall auf den Bauch. Der war k. o., zumindest für eine Weile. Ich warf den Stiel zur Seite, hob die Knarre vom Boden auf und steckte sie wieder in den Hosenbund.

»Hast du zuviele *Conan*-Filme gesehen?« fragte Simone. Ganz die alte.

Sie saß auf einem Feldbett, dessen Beine tief im Boden verankert waren, und grinste mich an. Lange, blonde, fettige Haare, dünner Körper, Schnurstücke, die um ihre Handgelenke gewickelt waren. Ein erster Eindruck nach vier Jahren. Um ihren linken Fußknöchel hatte sie eine enge Stahlmanschette, von der eine Kette zu einem ans Bett geschweißten Ring führte. Der zweite Eindruck: ihre grünen Scheinwerferaugen, die jetzt voll auf mich Hilflosen gerichtet waren.

»Etwas unpraktisch, das Ganze«, sagte sie und deutete auf die Kette. »Ich kann hier drin zwar rumspazieren und pissen gehen, aber weiter geht's nicht, höchstens ich schlepp das ganze Bett hinter mir her.«

Ich entfernte erst mal ihre Handfesseln und schaute mich dann im Schuppen um. Er hatte den Charme einer Bushaltestelle. Der Boden war mit einer dicken silbrigen Plastikmatte bedeckt. Links vom Eingang aus gesehen war das Bett, rechts ein Regal, das bis oben hin mit Konserven gefüllt war. Daneben ein Gaskocher und Kartuschen. Direkt neben der Tür stand noch ein zugedeckter Eimer, von dem Fäkalgerüche herüberschwebten. Ansonsten lagen noch ein paar Kisten unklaren Inhalts herum.

»Gibt es hier irgendwo eine Zange oder einen Bolzenschneider?« fragte ich.

Simone zuckte mit ihren hübschen, mattschimmernden Achseln.

»Keine Ahnung«, sagte sie gelangweilt, »schau mal in den Kisten nach, vielleicht findest du da was.« Schon gut, so genau wollte ich es gar nicht wissen!

Ich kämmte alles durch, förderte ein paar schwere Ketten, einen Vorschlaghammer, eine Packung Nägel, ein Hufeisen, einen Kinderkopf aus Messing und eine kleine rostige Eisensäge hervor. Ein kurzer Blick zu Zeus: er schien immer noch bewußtlos zu sein.

»Vielleicht geht's ja damit«, sagte ich und deutete auf die Säge. Ich murkste eine viertel Stunde lang herum und hatte dann endlich das erste Glied an der Manschette durch.

»Du wirst dein schmuckes Fußband wohl noch 'ne Weile tragen müssen«, sagte ich.

»Okay«, meinte Simone nur. Sie nahm das Ganze ziemlich locker. Ich warf die Säge in eine Ecke und schaute wieder Simone an. Sie sah verdammt nach Junkie aus! Abgezehrter Körper, dunkle Ringe unter den Augen und Einstichspuren in beiden Armbeugen. Allerdings war ihr Gesamteindruck immer noch ziemlich überwältigend.

Wenn man mal davon absah, daß sie auf H war, meine ich.

»Sag mal, hast du nichts anderes zum Anziehen hier?« fragte ich und setzte mich auf ihr Bett. Ganz wie zu Hause.

»Wieso, gefallen dir denn meine Klamotten nicht?« Ihre Scheinwerfer waren auf Fernlicht geschalten.

»Doch, doch, schon«, entgegnete ich, »aber ich dachte dabei eher an ein paar Sachen, die zumindest zusammengerechnet eine Fläche von drei Quadratzentimetern ausmachen.«

Simone zog ihr enges T-Shirt neckisch über den Bauchnabel hoch, bedachte mich mit einem zweideutigen Blick und steckte es dann in ihre Shorts. Unter dem Feldbett sah ich eine Spritze; sie hatte sich im Laufe des Nachmittags wohl schon einen Schuß gesetzt.

»Verdammt, Simone!« fuhr ich sie an. »Wir haben jetzt keine Zeit für deine laszive Verführungsnummer! Wenn der Kerl da aufwacht und wir dann noch hier sind, können wir 'nen Organspenderausweis ausfüllen! Mach schon!«

Ich packte sie an der Hand und zerrte sie nach draußen. Sie war immer noch ziemlich auf H – das Zeug wirkt ungefähr vierundzwanzig Stunden – und träge wie ein Politiker nach der Wiederwahl. Ich schleifte sie über die Wiese zur Brettertür, während der Halbmond uns hinter einer einsamen Wolke wie ein defektes Zyklopenauge beobachtete. Ich drehte mich kurz um: von Zeus noch keine Spur.

»He, wieso machen wir es uns nicht ein bißchen gemütlich?« fragte Simone aus glasigen Augen. Sie legte sich auf die Straße. »Na, komm schon Süßer, wir haben uns doch schon lange nicht mehr gesehen.«

Na ja, wenigstens wußte sie noch, wer ich war. Ich zerrte sie wieder hoch und legte mir ihren linken Arm um die Schulter. Plötzlich war hinter uns ein heftiges Poltern von der Stärke acht auf der nach oben offenen Richterskala zu hören, gleich darauf zerschnitt ein Taschenlampenstrahl das matte Grau um uns herum. Zeus war zu sich gekommen, und gleich würde er auch zu uns kommen!

Wir torkelten am Zaun entlang und hörten die Schritte von Zeus auf der anderen Seite. Offensichtlich hatte er die Tür noch nicht entdeckt. Als wir schon fast beim Motorrad waren, sprang Zeus vom Zaun auf die Straße. Er wirkte zwar plump wie ein Bär, war aber schnell wie der Teufel. Ich stülpte Simone den Helm über, klappte die Fußraster für den Sozius aus und drehte den Zündschlüssel, den ich vorsorglich hatte stecken lassen.

»Du hältst dich an mir fest, verstanden? Egal, was passiert, du hältst dich an mir fest!«

Simone stieg auf und umklammerte mich von hinten. Angenehmes Gefühl. Wir schlingerten vom Bankett runter und preschten auf der Linzerstraße davon. Hinter uns heulte der Motor des VW-Busses auf. Jetzt war Zeus' Wut aus seinem Fahrstil deutlich zu ersehen. Er hatte das Fernlicht eingeschalten und malträtierte das Getriebe bis zum Aufheulen der Kupplungsscheiben. Für einen kurzen Moment kam er gefährlich nahe an uns heran, aber als ich die Kawa im vierten Gang hatte, hatte Zeus mit seinem soliden deutschen VW-Bus keine Chance mehr.

Es herrschte so gut wie kein Verkehr. Wir preschten mit hundertvierzig Sachen die Hütteldorfer runter. Die Scheinwerfer von Zeus' Wagen waren längst aus meinem Rückspiegel verschwunden. Die duftende weiche Mailuft flog uns um die Ohren wie ein Parfumflakon, das in einem Windkanal ausgelaufen war. Plötzlich bekam mein linkes Auge Appetit auf Mücke und schnappte sich die erstbeste. Die Tränen quollen augenblicklich heraus und rannen mir die Wange entlang. Ich sah kaum noch etwas. Ich bremste ab und fuhr rechts ran. Simone richtete ihre Scheinwerfer volles Rohr auf mich.

»Ich brauch den Helm«, sagte ich. »Ich seh sonst nichts, und meine Augen spielen Insektenvertilger.«

Langsam und elegant zog sie den Helm vom Kopf. Schüttelte ihre langen blonden Haare. Schaltete um auf Fernlicht. Sie war ein Hammer!

»Bekomm ich nicht mal 'nen Begrüßungskuß?« schmollte sie. »Wir haben uns immerhin 'ne Ewigkeit nicht mehr gesehen.« Sie drückte mir den Helm in die Hand und beugte sich vor.

»Na, was ist, schüchtern? Du doch nicht. Oder bist du entsetzt, daß ich ein Junkie bin? Gerüchten zufolge haben sich da gewisse gemeinsame Interessen aufgetan.« Sie sah mich fragend an.

»Nicht mehr«, sagte ich schwach. »Das ist vorbei.«

Ich hängte den Helm an den Spiegel, legte meine Arme auf ihre Schultern und gab ihr einen leichten Kuß auf den Mund. Sie roch nach süßem Schweiß. Es war wie immer.

»War das alles?« fragte sie. »Früher konntest du das aber um einiges besser.« Dann saugte sie sich an meinen Lippen fest und schob mir ihre Zunge in den Mund. Ich zögerte eine Sekunde, dann drang alles auf einmal in mich ein, Nacht, dunkler Duft, Simones

Scheinwerfer, und ich dachte, mein Gott, warum eigentlich nicht? Ich schob meine Hände unter ihr T-Shirt und strich über ihre kleinen, mit samtener Gänsehaut überzogenen Brüste. Simone machte gerade meinen Reißverschluß auf, als mir zwei starke Scheinwerfer ins Gesicht fuhren. Zeus!

Ich riß mich widerwillig von Simone los, drehte mich um und startete die Maschine. Der Motor gab ein kurzes Röcheln von sich und starb ab. Verdammt! Ich bückte mich und schaute nach, ob der Benzinhahn offen war: natürlich, und zwar schon die ganze Zeit. Kein Wunder, daß der Motor absoff. Verdammter Mist!

»Den Helm!« rief Simone. »Gib mir den Helm!«

»Vergiß den Helm! Wenn der Scheißbock nicht anspringt, brauchen wir keinen Helm, sondern 'nen Sarg!«

»Du verdammter Idiot!«

Sie riß den Helm vom Spiegel, sprang vom Motorrad, schwenkte ihren rechten Arm wie eine Hammerwerferin und schleuderte den Helm auf den entgegenkommenden Bus zu. Es gab ein kurzes, häßliches Knacken, als sich das Verbundglas der Windschutzscheibe in tausend Partikel auflöste. Mit einem Quietschen kam der Bus zum Stehen; ein kleines Bäumchen als Galionsfigur.

Ich fummelte ein bißchen an den Zündkerzen herum, startete noch ein paarmal, und endlich sprang die Mühle an. Simone schwang sich auf den Soziussitz und hielt sich an mir fest. Wieder das angenehme Gefühl.

Wir düsten im zweiten Gang los. Das Vorderrad bäumte sich ungefähr zehn Zentimeter hoch auf.

»Cool!« schrie Simone. Hielt das Ganze wohl für eine einstudierte Show.

Als wir vor dem Hotel *Drei Kronen* in der Schleifmühlgasse hielten, war es fast halb eins. Ich stellte das Motorrad auf dem Gehsteig ab, scheiß auf die Fußgänger! Wir gingen in die Lobby. Orangebraune Tapeten wetteiferten mit kitschigen Werbeplakaten des Österreichischen Tourismusverbandes um den Geschmacklosigkeitspokal. Ich ließ mir vom Portier Pauls Zimmernummer geben und ging mit Simone an der Hand in den zweiten Stock rauf. Der Portier warf uns feindselige Blicke hinterher; ich konnte sie in meinem Rücken spüren wie Injektionsnadeln. Hielt uns wahrscheinlich für Zuhälter und Nutte auf dem Weg zu einem Freier.

Ich klopfte an die Tür mit der Nummer siebzehn und trat ein. Ich hatte Simone nicht gesagt, wessen Zimmer wir betraten; sie hatte auch nicht gefragt.

»Paul?« fragte ich. »Paul, verdammte Pest, pennst du?«

Ich ging ins Badezimmer und auf den Balkon. Von Paul keine Spur. Was für ein Herzchen.

Simone setzte sich aufs Bett, gähnte und fragte: »Welcher Paul? Von was für einem Paul faselst du denn da die ganze Zeit?«

Ich war müde und hatte keine Lust auf lange Erklärungen.

»Ich erzähl dir alles später, okay? Nicht jetzt, ich bin müde.« Ich setzte mich neben Simone aufs Bett und lehnte mich mit dem Rücken an die Wand.

»Zu müde für alles?« fragte Simone mit neckischem Grinsen.

Kam jetzt wieder die laszive Verführungsnummer?

»Gefall ich dir noch?« Sie zog ihr enges T-Shirt aus und entblößte ihre kleinen straffen Brüste. Die Nummer kam!

Simone zog mit langsamen, fließenden Bewegungen ihre Shorts aus. Sie trug keine Unterwäsche. Ihre Schamhaare sahen aus wie ein rotblonder Seidenslip ohne Seitenteile. Sie schimmerten verlockend im grellen Licht der schäbigen Deckenlampe. Dann setzte sie sich ganz nah neben mich und fuhr mir mit seidigen Fingerspitzen über mein Kinn.

»Hast du dich heute rasiert?« fragte sie.

Ich nickte.

»Gut. Ich möchte nämlich nicht, daß deine Bartstoppeln die Innenseite meiner Schenkel aufreiben.«

Ich war ein paar Sekunden lang konsterniert, dann kapierte ich. Ich schob Simones Oberkörper langsam nach hinten, bis sie ganz flach ausgestreckt auf dem Rücken lag. Dann spreizte sie leicht ihre Beine. Ihre Möse sah aus wie ein angeschnittener Pfirsich.

Ich überlegte kurz und biß dann zu.

Ich mag Obst.

Ein Uhr neunzehn. Simone und ich lagen nebeneinander, von einer dünnen Schweißschicht bedeckt. Ich fuhr mir mit der rechten Hand übers Kinn und roch Gummi und Chemikalien. Ich fragte mich, wann man endlich ein spermaabtötendes Mittel erfinden würde, das halbwegs erträglich roch, Moschus oder so. Simone strich sich die Haare aus dem Gesicht und gab mir einen Kuß auf die Nasenspitze. Dann steckte sie mir die Zunge ins Ohr.

»Klingt gut«, sagte ich, »mach weiter«.

Sie drehte sich ein bißchen weg von mir und fuhr sich hastig über die Stirn. Ihre Augenlider flackerten leicht.

»Hast du vielleicht 'ne Zigarette?« fragte sie brüchig.

»Ich rauch nicht mehr. Seit zwei Monaten oder so. Tut mir leid.« Ich hob entschuldigend die Achseln.

»Verdammt!« Ich streichelte leicht über ihren linken Unterarm. Sie zitterte.

»Ist dir kalt?«

»Geht so. Könnte wärmer sein.« Das Zittern nahm zu. Verdammt, plötzlich wurde mir alles klar!

»Ich brauch unbedingt 'nen Schuß, Jochen, sofort!« keuchte sie, bevor ich sie fragen konnte. Sie sah mich mit ihren Scheinwerferaugen an; inzwischen auf Abblendlicht gestellt.

»Ich hab nichts bei mir, Simone. Ich rühr das Zeug schon lange nicht mehr an.« Ich hörte mich diesen Spruch aufsagen und dachte, verdammt, was redest du für einen Dreck daher! Um dich geht es im Moment gar nicht!

»Bitte«, flüsterte sie. »Ich halt's nicht mehr lange ohne aus.«

»Okay.« Ich rollte mich von ihr weg und griff zum Telefon. Der Doc war wider Erwarten zu Hause und nahm nach dem dritten Klingeln ab. Er klang nicht sonderlich erstaunt, daß ich dringend etwas H brauchte. Als ich ihm sagte, daß es nicht für mich wäre, lachte er laut auf und meinte, das erzählten sie ihm alle, wenn sie wieder anfingen. Ich stoppte seinen Redefluß und machte ein Treffen bei *Köstli* aus. In einer viertel Stunde.

»Bin gleich wieder da, Schätzchen«, sagte ich zu

Simone. Ich zog ihr die Decke über die Schultern und gab ihr einen Kuß auf die Wange. Dann streifte ich den glibbrigen Gummi ab, knotete ihn zu und warf ihn in den Aschenbecher. Ich schlüpfte in meine Klamotten, schnappte den Helm, warf die Knarre unters Bett und rannte runter zum Motorrad. Ich riß den angepickten Strafzettel vom Scheinwerfer und startete die Mühle.

Vom Hotel war es nicht weit bis zum Karlsplatz. Nach drei Minuten Rasen durch die engen Straßen stellte ich den Bock auf der Wiedner Hauptstraße ab, vergewisserte mich kurz, daß Zeus nicht irgendwo in der Nähe war, und ging dann runter zum Imbißstand.

Der Doc wartete schon, wie immer mit einem Berg fettstrotzender Unappetitlichkeiten vor sich. Er wirkte elegant und fehl am Platze in seinem schwarzen Zweireiher mit Nadelstreifen. Die grellrote Krawatte grinste mir entgegen wie eine rohe Kuhzunge.

»Ich hätte dich für stärker gehalten«, sagte er als Begrüßung.

»Ich hab dir doch gesagt, daß das Zeug nicht für mich ist«, erwiderte ich genervt und setzte mich neben ihn.

»Nein, natürlich nicht«, sagte er in übertriebenem Tonfall und grinste mich wieder an.

»Hör zu Doc, ich hab keine Zeit für lange Erklärungen. Ich brauch den Stoff, und zwar jetzt gleich!« Ich schlug mit beiden Händen auf die Tischplatte. Der Doc verschluckte sich bei seiner Cola.

»Immer mit der Ruhe, Mann. Solltest es wirklich mal mit Meditation versuchen.«

Er faßte in die Innentasche seines Nobelzwirns und drückte mir ein kleines Papierbriefchen in die Hand.

Es war ungefähr ein halbes Gramm. Genug für zwei gute Schüsse.

»Wieviel?« fragte ich.

»Weil du's bist, fünfhundert. Einmaliger Freundschaftspreis.«

Verdammter Lügner! Einmaliger Einführungspreis, bis man wieder dran hing! Ich schob ihm fünf Scheine von Pauls zehn Riesen über den Tisch.

»Danke, Doc. Ich würde gern noch ein bißchen mit dir plaudern, aber ich hab's wirklich verdammt eilig.« Ich steckte das Briefchen ein und stand auf.

»Ist schon okay, Mann. Mich rufen auch bald wieder die Geschäfte. Du weißt ja, Kunden, Könige und so weiter. Ach übrigens, lebt mein Motorrad noch?«

»Ja, die Mühle ist in Ordnung. Aber reden wir ein andermal drüber.«

Ich rannte zurück zur Maschine, war unter Mißachtung sämtlicher Straßenverkehrsverordnungen in zwei Minuten wieder beim Hotel, rannte in den zweiten Stock hoch und riß die Tür auf.

Paul saß auf dem Bett.

Simone war weg.

SIEBEN

Es machte ein helles, scharfes *Plop!*, als meine Fingerknöchel an Pauls Nasenbein abglitten; ungefähr so wie beim Öffnen einer Bierdose. Zwei Sekunden später quoll Blut in einem stetig pulsierenden, dünnen Rinnsal auf Pauls weißes Hemd; es erinnerte mich an Menstruationsblut auf einem jungfräulich weißen Leintuch.

Alles hatte sich innerhalb weniger Sekundenbruchteile abgespielt. Die offene Tür, Simone weg, Paul auf dem Bett mit einem Gesichtsausdruck wie ein Mieter, der zum ersten Mal das Kleingedruckte liest, all diese Bildausschnitte komprimierten sich blitzschnell zu einem Gesamteindruck, nämlich daß irgend etwas hier verdammt faul war, und Paul der Bauer, dem dieser Misthaufen gehörte.

Ich setzte mich auf Pauls Bett, dessen Matratze immer noch zu weich war, und warf einen kurzen Blick auf ein angebissenes Schinkenbrötchen, das auf dem Nachttischkästchen lag. Sah nicht sehr appetitlich aus, also griff ich nach der halbvollen Bierflasche, die sich daneben langweilte, und raubte ihr den Inhalt.

»Hat's weh getan?« fragte ich. Paul rappelte sich eben mühsam vom Boden hoch.

»Geht so«, meinte er.

Geht so war mir nicht genug. Ich laß mich nicht gern verarschen. Ich stand auf und verpaßte ihm eine schallende Ohrfeige, die wahrscheinlich noch am Donaukanal Anzeigen wegen Lärmbelästigung nach sich zog.

»Geht's immer noch so, mein Herzchen?« knurrte ich. »Und jetzt mal schön der Reihe nach. Erstens, wo zur Hölle bist du gewesen, nachdem ich dir mit einem Steinmeißel ins Hirn gehämmert hatte, daß du auf deinem Zimmer bleiben sollst? Zweitens, was hast du in den knapp zehn Minuten, in denen ich weg war, angestellt, und drittens, wo ist Simone, verdammte Pest!« Ich gebe zu, das waren ziemlich viele Fragen auf einmal, noch dazu wenn derjenige, der sie beantworten sollte, mit blutender Nase und geschwollener Wange auf dem Boden lag und den Kakerlaken Geschichten aus dem Bankeralltag erzählte. Aber ich war eben neugierig.

Paul hielt sich mit der einen Hand die Nase zu und versuchte zu verhindern, daß sein sämtliches Blut dem Teppichboden zu einer neuen Farbe verhalf, und rieb sich mit der anderen zärtlich seine Wange, wie es auch nur Spitzenfrauen in ganz seltenen Momenten hinkriegen. Dann hob er den Kopf und öffnete den Mund: »Dasch ...« plumpste in den Raum.

»Nimm gefälligst die Flossen vom Gesicht, wenn du mit mir redest! Also, ich bin ganz Ohr.« Ich zeigte auf das von Zeus verschonte Hörgerät und lehnte mich neben Paul an die Wand. Es war ein gutes Gefühl, so auf ihn runterzusehen.

»Das war nur, weil ich so einen verdammten Hunger hatte, verstehst du. Ich rief mindestens zehnmal den Zimmerservice an, aber niemand kam, also hab ich mir gedacht, ich geh mal schnell runter und hol mir einen Sandwich und ein Bier.« Er sah mich Verständnis heischend an.

»Nur mal eben schnell runter, was? Hör auf, mir was vorzulügen, verdammt! Ich war über 'ne halbe Stunde hier drin, ohne auch nur die Spitze deiner Krawatte zu sehen!«

»Ich war noch im Aufenthaltsraum. Sie haben da Kabelfernsehen, weißt du, und weil sonst niemand da war, hab ich ein Weilchen die Börsenkurse auf CNN studiert. Tut mir leid.« Wunderbar, ich riß mir den Arsch auf, um Simone herzubringen, und Paul schaffte es in zehn Minuten, sie wieder zu vergraulen!

»Und, weiter«, drängte ich ihn, »wieso ist sie nicht mehr hier? Laß dir nicht alles aus der Nase ziehen, sonst knall ich dir noch eins drauf!« Ich stieß mich von der Wand ab und tigerte im Zimmer umher. Fünf Schritte vor, fünf zurück. So mußte sich ein Raubtier im Käfig fühlen.

»Sie hatte Angst vor mir. Sie dachte, ich wollte ihr was tun.« Wieder seine verdammte Flüsternummer.

»Angst, vor dir? Jetzt hör aber mit diesen Sprüchen auf! Du mußt ja 'ne Unfallversicherung abschließen, bevor du einen Schachcomputer einschaltest! Wieso zur Hölle sollte sie also Angst vor dir haben?«

Er rappelte sich vom Boden hoch und schleifte seinen Körper ins Bad. Ich hörte Wasser rauschen. Dann kam er wieder ins Zimmer, mit sauberem und ordentlich geschwollenem Gesicht, ein nasses Handtuch mit drei eingestickten goldenen Kronen im Nacken. Er sah mich an. Seine Augen wirkten ungewöhnlich hart.

»Es ging um die Fotos«, fing er an und befummelte die leere Bierflasche. »Als ich dir erzählte, daß Simone verschwunden war und einen Teil des Geldes mitgenommen hatte, hab ich dir noch was verschwiegen. Sie hatte auch ein paar Fotos und Negative mitgehen lassen.« Er schluckte. »Privataufnahmen.«

Er setzte sich aufs Bett und verknotete seine Finger in die geblümte Decke, die wahrscheinlich immer noch nach Simones Schweiß duftete.

»Was genau meinst du mit Privataufnahmen?« Natürlich wußte ich, was er meinte, aber ich wollte ihm diese Peinlichkeit nicht ersparen.

»Nacktfotos von Simone, mir und einem, äh, gemeinsamen Bekannten.« Er wurde noch eine Spur leiser, falls das möglich war. Sogar das Geräusch einer brennenden Zigarette hätte seine Worte übertönt.

»Und da dachtest du natürlich, daß sie dich erpressen will, oder? Und, hat sie?«

»Ich weiß es nicht«, sagte Paul. Er wirkte plötzlich ruhig und souverän, als ob er die Situation im Griff hätte.

»Was heißt, du weißt es nicht? Du hast doch Simone sicher darauf angesprochen, als du sie hier im Bett liegen sahst, zitternd wie Espenlaub.« Ich hatte plötzlich Hunger. Ich schnappte das Brötchen und biß hinein; was soll's.

»Sie sagte, sie hätte die Bilder und die Negative weggeworfen. Habe sie nur mitgenommen, um mir 'nen kleinen Schrecken einzujagen.«

Plötzlicher Gedankenblitz.

»Was ist mit dem Brief, den ich Simone geben sollte? Nein, laß mich raten. Da steht so ungefähr drin, daß du ihr eine bestimmte Summe für die Bilder und die Negative zahlst, oder?«

»Ja«, sagte er nur und schaute mir genau in die Augen.

»Und wenn sie das Geld nicht genommen hätte?« fragte ich.

Er schaute mich kalt an. »Es gibt auch andere Methoden.«

»Und die hast du wohl eben angewandt, was? Deshalb ist Simone dann verduftet.«

Ich stopfte mir den letzten Rest des Brötchens in den Mund.

»Die finden wir schon wieder. Das ist ganz sicher. Außerdem ist die Geschichte ja erledigt.«

»Sicher!« schrie ich. »Sicher. So sicher wie ein deutsches Asylantenheim! Außerdem ist für mich die Geschichte noch nicht erledigt, mein Herzchen! Was ist nun mit den Fotos, hat sie sie oder nicht?«

Paul ging zum Fenster und machte es auf. Spärlicher Autolärm drang ins Zimmer.

»Nein. Wie gesagt, sie hat sie weggeworfen, behauptet sie zumindest.«

»Hast du ihr geglaubt?«

Er drehte sich langsam um und grinste mich überheblich an. »Spinnst du? Einer Schlampe wie Simone?«

Ich machte einen schnellen Schritt nach vor und knallte ihm meinen Fuß in die Eier. Er lag praktisch in derselben Sekunde auf dem Boden.

»Verschwinde hier«, keuchte ich, »pack dein Zeug und verschwinde. Um vier Uhr fährt ein Zug nach Innsbruck. Wäre besser für dich, wenn du den nimmst, glaub mir. Um vier Uhr in der Früh!«

Paul lag noch auf dem blutigen Teppich und hielt sich die Eier.

»Weißt du«, sagte ich, »irgendwie bewundere ich dich fast. Ich dachte immer, du bist ein Versager auf der ganzen Linie, aber als Arschloch, da bist du wirklich 'ne ganz große Nummer!«

Ich gab ihm noch einen Tritt in den Magen für die Reise, knallte die Tür hinter mir zu und fuhr mit Docs Motorrad nach Hause. Dieses Schwein! Hatte mich die ganze Zeit über belogen und ausgenutzt.

Hatte nur Angst um seine mickrige Karriere in einer Provinzbank. Daß Simone im Schlamassel steckte, interessierte ihn einen Dreck. Simone hatte die Fotos nicht mehr, also war der Fall erledigt. Was für ein Herzchen.

Ich baute mir einen Joint, um mich etwas zu beruhigen, legte mich aufs Bett und hörte mir *Repeater* von *Fugazi* an.

Ich war noch lange wach in dieser Nacht.

ACHT

Die Regentropfen klatschten wie gefärbte Meteoritensplitter auf das Visier meines Helms. Ich drehte mich ein letztes Mal zur neonschimmernden Fassade des *American Gigolo Club* um, startete dann das Motorrad und fuhr gemächlich durch den abnehmenden Regen nach Hause. Wieder Fehlanzeige. Auch mein letzter Strohhalm hatte sich als Niete erwiesen. Die letzten drei Tage hatte ich nichts anderes getan, als zwölf Stunden mit Docs Motorrad durch die Gegend zu düsen, um irgendeine Spur von Simone zu finden. Ich besorgte mir einen Lokalführer und klapperte systematisch alle Puffs, Peepshows und Gogo-Bars ab, ohne allerdings die geringste Spur von Simone zu erhaschen. Niemand hatte sie gesehen, und auch Freddy und Zeus schienen wie vom Erdboden verschluckt zu sein. Ich fuhr jeden Tag zweimal beim Resselpark vorbei, aber die Penner und Junkies schüttelten nur den Kopf, wenn ich sie nach Zeus fragte; der sei seit einer Woche nicht mehr hier gewesen.

Natürlich versuchte ich es auch in Zeus' Schuppen draußen in Hütteldorf, aber auch dort ohne Erfolg. Ich parkte die Maschine direkt vor der Brettertür, nahm die Knarre in die rechte Hand und sah mich ein bißchen auf dem Grundstück um. Die Sandlervilla sah bei Tageslicht noch verfallener aus, als sie bei Dunkelheit gewirkt hatte. Die Filmfassade über die Bombardierung Dresdens war ein Dreck dagegen. Außer ein paar Ratten, die sich zwischen verwesendem Müll amüsierten, war niemand zu sehen. Ich ging hinter die Ruine zum Schuppen, brach mit dem Pistolengriff das mickrige Schloß auf und warf einen kurzen Blick ins

Innere. Soweit ich feststellen konnte, hatte sich nichts geändert. Dasselbe Bett, die Konserven, der Plastikeimer, die Kisten, aber natürlich keine Simone und kein Zeus.

Ich blieb mit der Maschine vor dem Haus stehen, nahm den Helm ab und streckte mein Gesicht den herabperlenden Wassertropfen entgegen. Ich bildete mir ein, das Wasser würde meine Probleme wegspülen, aber Phantasie war noch nie meine Stärke gewesen. Ich stieg ab, strich mir die nassen Haare aus dem Gesicht und hängte mir den Helm in die linke Ellbogenbeuge. Ich schloß die untere Haustür auf, schaute kurz in den Briefkasten und ging dann leise die Treppe hoch. Es war fast drei Uhr. Die Knarre in meiner linken Jackentasche schlenkerte bei jedem Schritt gegen meinen Hüftknochen.

Ich wollte eben die Wohnungstür aufsperren, als ich bemerkte, daß jemand an meinem Schloß herumgebastelt hatte. Die stümperhaften Kratzspuren waren nicht zu übersehen. Ich ließ den Helm vorsichtig zu Boden gleiten und drückte die Türklinke nach unten. Mit einem leisen Knarren schwang die Tür nach innen. Ich holte die Pistole aus der Tasche, nahm sie in die rechte Hand und ging gebückt zur Zimmertür, die nur angelehnt war. Ich atmete zweimal kurz durch, schnellte dann hoch, knallte meine linke Hand auf den Lichtschalter und richtete gleichzeitig die Knarre nach vorn. Kein Geräusch, keine Bewegung, nichts. Ich blickte mich schnell im Zimmer um; nichts Verdächtiges. Dann sah ich zum Bett. Irgend jemand lag da, von der Decke halb verborgen. Ich umkrampfte den Griff der Knarre mit schweißnassen Fingern und näherte mich dem Fußende. Noch immer keine Bewegung. Ich beugte mich nach vor und riß die Decke mit einem Ruck zur Seite. Ich starrte ungefähr zwei Sekunden lang hin. Dann sicherte ich die Knarre und steckte sie hinten in den Hosenbund. Ich brauchte sie in diesem Fall nicht mehr. Ich deckte Simone wieder zu. Sie war tot.

Ich hatte mich eigentlich immer für ziemlich hart und abgebrüht gehalten, für jemanden, der nicht so leicht zu beeindrucken war, aber als ich Simone so daliegen sah, führte mein erster Gang zum Waschbekken, wo ich ausgiebig kotzte. Ich hatte nichts gegessen, deshalb würgte ich nur grünlichen Gallenschleim hoch, der von meinem Kinn ins Waschbecken tropfte. Der Geschmack in meinem Mund war ekelhaft.

Ich richtete mich wieder auf, klatschte mir kaltes Wasser ins Gesicht und ging zum Kühlschrank. Ich holte mein letztes *Wieselburger* raus, öffnete die Flasche, indem ich sie gegen die Tischkante knallte, und leerte sie in einem Zug zur Hälfte. Langsam wich der eklige Geschmack aus meinem Mund, und das kalte Bier betäubte meinen Gaumen. Mit der Flasche in der linken Hand ging ich zurück ins Zimmer. Ich zog einen Stuhl heran, stellte ihn neben das Bett, setzte mich drauf und betrachtete Simones leblosen Körper. Sie trug immer noch ihre engen Shorts und das knappsitzende T-Shirt, das über ihren Bauchnabel hochgerutscht war. Ihr blondes fettiges Haar fiel in Strähnen über ihre linke Gesichtshälfte, die der Decke zugewandt war. Das matte Licht der unverkleideten Glühbirne brach sich in ihren toten Augen. Ohne diese Augen hätte sie wie ein friedlich schlafendes Kind ausgesehen.

Ich erinnerte mich, wie wir uns damals, als wir zusammen zur Schule gingen, heimlich in der Wohnung von Simones älterer Schwester getroffen und ganze Nachmittage nur gebumst hatten, meist völlig zugeraucht von selbstangebautem Gras. Wir hatten der *London* Gummiwarenfabrik zu einem kräftigen Konjunkturanstieg verholfen. Und jetzt lag Simone da. Tot und starr und kalt.

Ich stand auf und schleuderte die Bierflasche mit voller Wucht gegen die Wand. Sie zerplatzte in tausend Teile und ließ einen biergetränkten Scherbenregen entstehen, der unter meinen Stiefelsohlen schmierig quietschte. Ich fühlte mich kein bißchen besser. Verdammt! Ich schlug die Decke nochmals zurück und besah mir Simones Körper ein wenig genauer. Sie hatte blaue Striemen an den Hand- und Fußgelenken, die leicht angeschwollen waren. Sie war offensichtlich gefesselt worden. Ich befreite ihren linken Arm aus der abgewinkelten Embryohaltung und warf einen Blick in die Ellbogenbeuge. Ein dunkelblauer Bluterguß zeichnete sich auf der ansonsten blassen Haut ab; der Einstich in der Mitte war noch gut zu erkennen; er sah frisch und stümperhaft aus, so, als hätte man mehrmals versucht, eine Nadel in die Vene zu stoßen. Kein Junkie würde so an sich herumpfuschen. Simone war eiskalt ermordet worden.

Ich stand auf und legte eine CD in die Anlage. *Henry Rollins. See me walking with a gun in my hand, see me walking with a gun in my heart, loaded!* Die langsame und schwere Musik rollte durch den Raum wie eine Flutwelle und fraß sich in meinem Gehirn fest. Ich ging noch mal rüber zum Bett, um die Decke über Simones Körper zu ziehen, und wieder blieben meine Augen an ihm kleben. Er war dünn, verdammt dünn, und weiß. Außerdem war sie vierundzwanzig und tot. Zwei Fakten, die sich eigentlich gegenseitig ausschließen sollten.

Ich drehte sie auf den Rücken, als ich den Blutfleck auf dem Leintuch sah. Das erste Glied ihres rechten Mittelfingers fehlte. Es war sauber und glatt abgetrennt; sah nach einem Bolzenschneider aus. Ein protziger Goldring war über den Stummel geschoben, vom herabgeronnenen Blut dunkelrot verkrustet. Zeus' Werk.

Ich zog die Decke über Simones Kopf, griff zum Telefonhörer und wählte Docs Nummer. Obwohl es Viertel nach drei in der Nacht war, nahm er beim zweiten Läuten ab.

«Ja?«

»Ich bin's, Jerry.«

»Du suchst dir aber immer exquisite Zeiten für deine Anrufe aus, Mann.« Er sagte das ganz beiläufig, ohne eine Spur Verärgerung. Er arbeitete fast immer um diese Zeit.

»Du mußt mir 'nen Gefallen tun, Doc«, sagte ich gepreßt. »Nen großen.«

Er wurde sofort ernst. »Schieß los!«

»Okay, hör zu. Hör bitte genau zu! Ich hab hier 'ne Leiche in meiner Bude.«

»Wenn das ein Scherz sein soll, kann ich aber nicht drüber lachen, nein, wirklich nicht!«

»Verdammt, Doc, halt deine Klappe und laß mich ausreden«, sagte ich wütend. »Das ist kein Scherz! Hier liegt wirklich 'ne Tote, und die ist ungefähr so kalt wie das Herz eines Abschiebungsbeamten. Sie muß sofort von hier verschwinden, hast du verstanden, sofort!«

Ich versuchte langsam und gleichmäßig zu atmen, ohne Erfolg.

»Verfluchte Scheiße«, sagte der Doc.

»Kannst du laut sagen. Hör zu, ich erzähl dir die Einzelheiten später. Ich hab noch was Wichtiges zu erledigen.« Meine Stimme lag bei minus hundertneunzehn Grad. »Etwas sehr Wichtiges!«

»Okay«, sagte der Doc. »Was soll ich tun?«

»Bring sie auf irgendeinen Friedhof. Leg sie etwas abseits hin, so, daß man sie nicht gleich findet. Kannst du das für mich erledigen?« Zwei Sekunden lang war nur der leise, regelmäßige Atem vom Doc zu hören.

»Okay«, meinte er dann. »Aber damit schuldest du mir einen riesigen Gefallen.«

»Klaro, alles was du willst. Hör zu, ich laß die Tür bei mir offen. Hol sie so schnell du kannst. Wickel sie meinetwegen in einen Teppich ein wie in diesen Filmen, aber beeil dich. Ich möchte nicht, daß eine schlaflose Nachbarin auf die Idee kommt, mich zu Kaffee und Kuchen einzuladen, du verstehst?«

»Sicher. Ich bin in 'ner halben Stunde da. Keine Sorge, ich erledige das.«

Ich legte auf und holte mein speed aus der Schublade. Es war halb vier, Samstag morgen, das hieß, Zeus würde höchstwahrscheinlich im Laufe des Abends beim Resselpark auftauchen. Aber ich wollte auf Nummer Sicher gehen. Ich legte zwei bleistiftdicke lines und zog beide rauf. Dann streifte ich meine Lederjacke über, vergewisserte mich, daß die Knarre geladen war, und ging runter zum Motorrad.

Ich öffnete den Tankdeckel und stellte fest, daß ich noch genug Benzin hatte. Genug Benzin und genug Zeit, um den letzten Akt vorzubereiten.

NEUN

Ich fuhr bis ungefähr fünf Uhr früh in der Gegend herum. Der leichte Nieselregen hatte die ganze Zeit über angehalten, und meine Jeans fühlten sich bald wie kalte abgewinkelte Metallröhren an, die meine Beine hauteng umschlossen hielten. Kurz vor fünf stellte ich das Motorrad auf den Parkplatz bei der U-Bahnstation Kettenbrückengasse und schlenderte durch die spärlichen Obststände, die um diese Zeit gerade aufgebaut wurden. Dann drehte ich wieder um, überquerte die Straße und schlängelte mich durch kleine Grüppchen von Frühaufstehern, die mit Regenmänteln und Taschenlampen bewaffnet die Stapel von alten Kleidern und Ramsch aller Art fachkundig durchsuchten. Ich schlug den Kragen meiner feuchten Lederjacke hoch und vergrub meine Hände tief in den Taschen. Die Pistole in meinem Hosenbund drückte leicht gegen mein Rückgrat.

Es wurde langsam hell, und ein schmutziggrauer Lichtstreifen am Horizont tauchte die ganze Szenerie in ein unwirkliches Zwielicht, das alle klaren Konturen verwischte und Menschen und Stände zu flatternden Umrissen verzerrte. Ich war durchnäßt und fror ein wenig, doch das speed linderte die Symptome meiner nächtlichen Regenspazierfahrt zu einem kaum wahrnehmbaren unangenehmen Gefühl, das sich nur in einer gewissen Nervosität und Fahrigkeit bemerkbar machte. Als ich innerhalb von zehn Minuten zum dritten Mal an einem arabisch aussehenden Jungen vorbeikam, der auf einer Plastikplane Zigaretten, die aus dem Osten geschmuggelt waren, sowie billige, grellbunte Plastikfeuerzeuge anbot, warf ich meine guten Vorsätze über Bord und ließ mir vom Jungen zwei Schachteln *President* und ein Feuerzeug für fünfzig Schilling geben. Die Schachteln waren mit der Fahne der Vereinigten Staaten von Amerika bedruckt und erinnerten mich an die Kaugummi- und Schokoladezigaretten, die ich als Kind immer protzig mit mir herumgetragen hatte.

Ich steckte eine Packung in die Innentasche meiner Jacke, riß die andere auf und steckte mir eine stark nach dunklem Tabak duftende Kippe in den Mund. Der erste Zug brachte mich zum Husten und trieb mir die Tränen in die Augen, doch nach drei oder vier Zügen hatte sich meine Lunge an den Rauch gewöhnt und fraß gierig den blauen Dunst in sich hinein.

Ich schlenderte rüber zum Café *Brauneis*, einem Schuppen, der an Samstagen, wenn Flohmarkt war, immer schon gegen fünf in der Früh offen hatte. Ich setzte mich ganz hinten hin, in die Ecke, und mir war, als würde mich der düstere Raum verschlucken. Ich steckte mir eine neue Zigarette an und blies den Rauch zur Decke. Der Kellner, der verschlafen und unrasiert war, sagte, daß die Kaffeemaschine defekt wäre, und riet mir statt dessen zu einem Bier. Ich bestellte ein Großes und lehnte mich in der ausgeleierten Couch zurück. Gegen sechs Uhr füllte sich der Laden langsam, und der Geruch von Haschisch mischte sich mit Bier und billigem Parfum. Ich schaute auf die Uhr über der Tür; Viertel nach sechs. Noch gut zwölf Stunden Zeit. Zwölf Stunden, in denen ich nichts tun konnte, außer zu warten und zu hoffen, daß Zeus am Abend im Resselpark auftauchte.

Fünf Stunden und drei Bier später ging ich aufs Klo, um mir noch eine line zu genehmigen. Ich wollte fit bleiben bis zum Abend. Ich unterhielt mich mit einem Goldschmied, der mir einige seiner Schmuckstücke, die er in einer abgewetzten braunen Ledertasche bei sich trug, zeigte, flirtete halbherzig mit einer ungefähr dreißigjährigen Frau, die ihr ständig schreiendes Kind zu beruhigen versuchte, und hörte den fertigen Typen zu, wie sie die ewiggleichen Geschichten vom Coup ihres Lebens erzählten. Um sechs Uhr abends hielt ich es nicht mehr aus. Alles in mir kribbelte und zerrte, also stand ich auf, bezahlte meine fünf Bier, stieg aufs Motorrad und fuhr rauf zum Karlsplatz. Ich stellte die Maschine wie immer auf der Wiedner Hauptstraße ab, schaute mich kurz nach Zeus' Bus um und schlenderte dann runter zum Park, die rechte Hand an der Knarre, die sich in meiner Jackentasche befand.

Es hatte aufgehört zu regnen, und ein paar Penner und Junkies saßen auf den noch feuchten Bänken. Ich suchte mir eine etwas abseits gelegene Bank, setzte mich und wartete.

Stunden vergingen. Es war ungefähr halb zehn, und die untergehende Sonne schickte ein letztes grünliches Flackern in den Himmel, bevor sie hinter den Wolkenresten verschwand. Mein Blick war unbestimmt nach vorne gerichtet.

Ich riß eben die zweite Packung *President* auf, als Zeus den Weg heruntergestapft kam. Er trug eine Hose im Wüstentarnlook, schwarz glänzende Springerstiefel und einen fleckigen grünen Parka, der ihm fast bis zu den Knien reichte. Ich spuckte die Zigarette zu Boden, trat sie aus und stand betont langsam auf. Zeus bemerkte mich erst, als er seinen Seesack schon geöffnet hatte und anfing, sein Zeug zu verteilen. Ich holte die Knarre aus der Jackentasche und richtete sie langsam auf ihn. Zeus schaute sich kurz um, warf dann den Seesack zu Boden und rannte hoch zur Straße. Ich steckte die Knarre wieder ein und folgte ihm. Zeus lief zu seinem Bus, dessen Vorderseite eingedrückt war, riß die Tür auf, ließ sich hinters Steuer fallen und startete. Mit krachender Kupplung schoß er an einer entgegenkommenden Straßenbahn vorbei und verschwand Richtung Oper. Ich hatte keine Eile, denn ich war mir ziemlich sicher, wo er hin wollte. Die Sandlervilla und der Schuppen waren sein Gebiet, und er glaubte sich da im Vorteil; was ein Fehler war.

Wie beim ersten Mal hatte ich auch diesmal keine Schwierigkeiten, Zeus zu folgen. Er war ein miserabler Fahrer, schaltete viel zu spät in die hohen Gänge und bremste mehrmals ruckartig ab. Ich glitt hinter ihm her wie ein dunkler Schatten. Wie ich erwartet hatte, fuhren wir über den Opernring und die Babenbergerstraße zum Mariahilfergürtel und nahmen von da den bekannten Weg über die Felber- und Linzerstraße raus nach Hütteldorf.

Als wir an der Endstation der Linie neunundvierzig angekommen waren, bog Zeus rechts ab und bretterte die schmale Straße hoch, bis er seinen Bus mit einem Quietschen neben dem Zaun, der das Grundstück der Sandlervilla umschloß, zum Stehen brachte. Er kletterte hinaus und sprang wie beim ersten Mal über den Zaun; offensichtlich hatte er die Tür immer noch nicht gefunden. Ich fuhr im ersten Gang langsam hoch, stellte das Motorrad neben dem Eingang ab und schlüpfte durch die noch feuchte Zaunöffnung. Ringsum herrschte völlige Dunkelheit, und das nasse Gras machte schmierige Geräusche, wenn es von meinen Schuhsohlen plattgetreten wurde. Die Luft roch nach feuchten Ziegeln und verfaulten Blättern. Vorsichtig schlich ich über den verwilderten Rasen auf das verfallene Haus zu. Vor der Rampe verharrte ich ein paar Sekunden lang reglos; kein Laut war zu hören. Ich hatte auch nicht angenommen, daß Zeus sich in der Ruine verstecken würde. Da drinnen gab es tausend Löcher, durchbrochene Fußböden und morsche Treppen. Zeus würde sich mit Sicherheit den Hals brechen und dann den Ratten als Festmahl dienen. Blieb also der Schuppen. Ich riß die Pistole aus dem Hosenbund, entsicherte sie und lud durch. Dann pirschte ich mich rüber zum Blechhäuschen. Die Tür stand offen und Licht flutete in die Nacht wie ein Stück eines Sonnenaufgangs. Zeus kniete über einer der Kisten und wühlte darin herum. Ich hörte das Knirschen von Metall und dachte an den schweren Vorschlaghammer, den ich das letzte Mal da drin gesehen hatte.

»Ich denke, das war's dann«, sagte ich und trat einen Schritt in den Schuppen. Ich blieb in sicherer Entfernung von Zeus stehen. Ich wollte denselben Fehler nicht noch mal machen.

Zeus drehte sich langsam um, richtete sich schwerfällig auf und starrte mir ausdruckslos ins Gesicht. Die Knarre schien ihn nicht im geringsten zu beeindrukken. Sein protziger Goldschmuck schimmerte matt im Licht der herabbaumelnden Glühbirne. Zeus' Blick richtete sich nach oben.

»Denk nicht mal dran, die Birne zu zerquetschen«, warnte ich ihn. »Ich hab hier drin sieben Schuß, und bei der ersten verfluchten Bewegung knall ich das ganze Magazin in diesen Raum. Und bei deiner Figur werde ich dich nicht verfehlen, glaub mir.« Ich schaute ihm in die Augen. Zeus starrte zurück. Seine Miene war immer noch völlig ausdruckslos.

»Was ist, hat dir jemand die Gesichtsmuskeln durchgeschnitten? Los, rüber zum Bett. Mach schon!« Ich wedelte ein bißchen mit der Knarre herum.

Zeus ging rückwärts zum Feldbett und setzte sich nieder. Ich zog den einzigen Stuhl zu mir her und setzte mich hin. Dann steckte ich mir eine Zigarette an und inhalierte den dunklen, schweren Rauch in langen Zügen.

»Hast dir das Ganze wohl ein bißchen anders vorgestellt, was?«

»Ach, halt deine Klappe«, sagte er leise. Was für ein Herzchen.

»Was du mit den anderen Mädchen angestellt hast, war mir eigentlich egal, aber das mit Simone, das war ein Fehler. Ein verdammt schwerer.« Ich nahm einen letzten Zug und trat die Kippe dann auf dem Boden aus. Zeus grinste mich mitleidig an.

»Hör ich da ein verliebtes Vögelchen zwitschern?« fragte er.

»Dir wird das Witze-Reißen schon noch vergehen, verlaß dich drauf. Weißt du, daß der Mord an Simone völlig unnötig war? Ich hab nämlich vorher schon alles gewußt. Ich hatte ein aufschlußreiches Gespräch mit Nina. Du kennst doch Nina, oder?«

»Natürlich«, stieß er hervor, »diese kleine schwarzhaarige Schlampe.«

»Genau die. Sie hat mir ein paar Dinge über dich erzählt, und ich mußte dann nur noch eins und eins zusammenzählen. Du bist jetzt seit fast sieben Monaten hier in der Szene und spielst den Samariter. Ziemlich genau vier Wochen, nachdem du aufgetaucht bist, ist das erste Mädchen verschwunden. Bis jetzt sind es insgesamt fünf. Kannst du mir soweit folgen?«

Zeus verschränkte die Arme hinter dem Kopf und gab ein undeutliches Gemurmel von sich.

»Als mir Nina dann erzählte, daß ihre Freundin Vera fast gleich ausschaute wie sie«, fuhr ich fort, »begann ich schon einiges zu kapieren. Und als sie mir auch noch sagte, daß du ein paar Tage nach Veras Verschwinden immer um sie herumgeschlichen bist, war mir alles klar. Du und deine Schrumpfkopffreunde haben die Mädchen entführt und sie dann irgendwohin verschoben, wahrscheinlich für gutes Geld. Der Abnehmer von Vera war von ihrem Typ so fasziniert, daß er gleich noch so ein Mädchen wollte, und da du wußtest, daß ihre Freundin Nina ziemlich ähnlich aussah, hast du gedacht, eine kleine Nachbestellung wäre kein Problem. Nur hatte sich Nina nicht von deiner Tour einwickeln lassen wie die anderen. Simone sollte dann wohl die Nummer sechs sein, oder? Bis Paul und ich dir in die Quere kamen und anfingen, rumzuschnüffeln. Nur noch eine Frage: Was haben die Schrumpfköpfe mit diesem Mädchenhandel eigentlich zu tun?«

Zeus richtete sich auf und streckte seine mächtigen Arme durch.

»Du bist ja ein ganz schlaues Kerlchen, wirklich. Ja, ich hab die Mädchen verkauft, an Puffs im Ostblock. Die Touristen dort stehen auf gebildete junge Gören, die ein bißchen Englisch können. Es war ganz leicht: Ich suchte mir die hübschesten Nutten aus, versorgte sie mit erstklassigem Stoff und brachte sie dann hierher. Wenn sie high waren, verpaßte ich ihnen dieses schöne Fußband und schaffte sie dann zu einem Treffpunkt, wo sie von den Kollegen abgeholt wurden. Geld gegen Ware. Meist blieben sie ein paar Tage hier. Ich päppelte sie auf, erstklassiger Stoff, gutes Essen, viel Schlaf. Steigerte den Marktwert.« Er lehnte sich zufrieden lächelnd zurück. Hielt sich wohl für 'nen tollen Kerl.

»Und was ist mit den Skins?«

»Ach, die waren bloß eine Art Hilfstruppe«, sagte er abschätzig. »Mädchen für alles. Besorgten das Essen und das dope und kümmerten sich um allzu neugierige Zuhälter oder Freunde.«

»Was ihnen bei mir aber nicht so ganz geglückt ist«, sagte ich trocken.

Zeus' Gesichtsausdruck verfinsterte sich. »Das mit Udo war wirklich ein starkes Stück. Man hat ihn vor fünf Tagen gefunden. Liegt seitdem in 'ner geschlossenen Anstalt zur Beobachtung.«

Ich grinste und zündete mir noch eine Kippe an. »Freut mich zu hören.«

Zeus erhob sich schwerfällig und kam langsam auf mich zu. »Jetzt beenden wir mal dieses Kinderspiel. Es hat beim ersten Mal nicht geklappt und wird auch diesmal nicht klappen. Ich hab sofort gesehen, daß du ein Angeber bist. Wie Udo. Der mußte seine Waffe auch immer so protzig rumzeigen. Trug sie immer im Hosenbund, wo sie jeder sehen konnte. Die wirklich harten Jungs tragen weite Klamotten und verstecken ihren Ballermann da drunter. Also gib schon her das Ding, bevor ich ungemütlich werde!«

Er stand noch ungefähr zwei Meter vor mir. Plötzlich lief alles wie in einer Art kristallklarer Zeitlupe ab. Ich riß die Knarre mit einer fließenden Bewegung hoch und drückte den Abzug. Der Rückstoß war unglaublich groß. Ich mußte die linke Hand zu Hilfe nehmen, um das sich aufbäumende Handgelenk wieder zu fixieren. Dreimal riß es mir die Hände hoch. Ich roch den Geruch von Kordit in der Luft und hatte ein hohes Summen in den Ohren. Die leeren Patronenhülsen glänzten auf dem dreckigen Boden wie deformierte Goldmünzen. Immer noch auf dem Stuhl sitzend, sah ich Zeus' Gesicht, das sich langsam zu einer Fratze verzerrte. Dann fiel er zu Boden. Blut sikkerte dunkelrot zwischen seinen Fingern, die die zertrümmerte Kniescheibe umschlossen, hindurch. Ein einzelner Sehnenstrang zeichnete sich als blutig-violetter Faden auf seiner Tarnhose ab.

Ich sagte: »Ich kann weite Klamotten nicht ausstehen.«

Dann stand ich auf und zielte auf sein rechtes Knie. Ich jagte ihm die restlichen vier Kugeln rein. Zeus krümmte sich auf dem Boden und stieß animalische Schmerzensschreie aus. Ich ging zu dem im Dreck zuckenden Körper, riß ihm die linke Hand vom Knie und zog einen protzigen Goldring vom Finger. Er war schmierig vom Blut.

Ich wischte die leergeschossene Pistole mit meinem T-Shirt ab, warf sie auf den Boden, steckte mir den blutigen Ring an den rechten Mittelfinger und ging.

Ich konnte weite Klamotten noch nie leiden.

ZEHN

Die nächsten paar Tage tat ich nicht viel. Ich lag die meiste Zeit in meinem Bett und rauchte Joints, deren kratzigen Nachgeschmack ich mit Unmengen von Tee hinunterspülte. Ich hörte mir den ganzen Tag CDs an und war immer wieder überrascht, welch seltene Stücke sich in meiner Sammlung befanden. Ab und zu schlug ich auch ein Buch auf, doch meine Konzentration reichte meist nur für fünf oder sechs Seiten, und am vierten oder fünften Tag wußte ich schon nicht mehr, wovon der Anfang gehandelt hatte.

Der Doc hatte mich am Tag nach der niederschmetternden Begegnung mit Zeus angerufen und mir mitgeteilt, daß alles erledigt wäre. Außerdem brauchte er in einer Woche noch einen Mann für eine kleine Abreibung. Ich sagte ihm, er könne mit mir rechnen.

Ich saß am Tisch, trank eine Tasse Kaffee und las *Die Presse*. In einem Artikel hieß es, ein EU-Beitritt würde zweiundvierzigtausend neue Arbeitsplätze bringen; da mußte aber ein gewissenhafter Zähler am Werk gewesen sein. Ich ging zum Fenster und starrte auf die erleuchtete Wiedner Hauptstraße hinunter, deren nächtliche Stille nur manchmal von einem vorbeirasenden Auto zerrissen wurde. An die Wand gelehnt widmete ich mich wieder der Zeitung. Im Lokalteil stand eine kurze Notiz über den Fund einer unbekannten Leiche am Wiener Zentralfriedhof. Es war die Rede von einer ungefähr fünfundzwanzigjährigen Frau, die offenbar dem Suchtgiftmilieu angehört hatte. Die FPÖ forderte in diesem Zusammenhang eine stärkere Bewachung der Friedhofsanlagen, um solche

Vorkommnisse in Zukunft zu unterbinden. Parole *Sauberes Österreich*. Ich blätterte um und starrte verblüfft auf die Überschrift des nächsten Artikels. ZERTRÜMMERTE MÄNNLICHE LEICHE AUF VERLASSENEM GRUNDSTÜCK GEFUNDEN. Kein Zweifel, es handelte sich um Zeus. Laut Zeitungsartikel waren ihm beide Kniescheiben zerschossen worden, mit Kugeln des Kalibers neun Millimeter. Gestorben sei er allerdings an schweren Quetschungen am Kopf- und Halsbereich, die offensichtlich von einem Vorschlaghammer herrührten, der neben der Leiche aufgefunden wurde. Von den Tätern fehle jegliche Spur. Der einzige Hinweis war ... Ich grinste und legte die Zeitung auf den Tisch. Verdammt, das durfte doch nicht wahr sein!

Ich wachte am nächsten Morgen gegen halb zwölf auf. Die Sonne kitzelte mich am Bauch und verwandelte das Bett in einen Brutofen. Ich stand auf, putzte mir die Zähne, spritzte mir ein bißchen Wasser ins Gesicht und machte mir eine Tasse Kakao. Während die Milch langsam heiß wurde, lehnte ich am offenen Fenster und wußte, daß alles bald wie immer sein würde.

Ich setzte die Tasse gerade an die Lippen, als es an der oberen Tür klingelte. Ich stellte die Tasse auf den Tisch und machte auf. Nina stand auf der Schwelle und grinste mich unbestimmt an. Offensichtlich gehörte meine Adresse zum Standardwissen jedes Wieners.

»Kann ich reinkommen?« fragte sie. Sie hatte eine kleine Falte zwischen den Augenbrauen. Die Jeans und das schlichte schwarze Sweatshirt standen ihr wesentlich besser als der aufgemotzte Nuttenkram, den sie das letztemal getragen hatte.

»Sicher«, sagte ich und machte die Tür hinter mir zu.

Nina setzte sich an den Tisch und steckte sich eine Zigarette an.

»Willst du auch einen Kakao?« fragte ich sie.

Sie zuckte mit den Achseln. »Warum nicht?«

Ich holte eine zweite Tasse und goß sie voll.

»Heute schon die Zeitung gelesen?« fragte ich.

»Hmm. Gestern schon. Das mit Simone tut mir leid.«

»Woher weißt du, daß es Simone war?«

Ihre Augen trübten sich etwas. »Ach, nur eine Ahnung.«

»Hast du das mit Zeus auch schon erfahren? Dem wurde anscheinend der Schädel eingeschlagen. Mit 'nem Vorschlaghammer. Draußen bei der Sandlervilla.« Ich trank einen Schluck Kakao. War verdammt heiß.

»Tut mir nicht leid um den Drecksack. Der war schließlich schuld dran, daß meine Freundin Vera verschwunden ist.« Sie drückte die angerauchte Zigarette in einer leeren Zuckerdose aus.

»Ist das auch so 'ne Ahnung?« fragte ich.

»Nein«, sagte sie bestimmt, »Gewißheit. Weiß man übrigens, wer Zeus zu Brei geschlagen hat?«

»Nein. Sie haben nur einen einzigen Anhaltspunkt.« Ich machte eine Pause.

»Was denn?«

»Die Bullen haben eine hölzerne Zigarettenspitze neben der Leiche gefunden. Zeus trug keine Zigaretten bei sich. Die Bullen nehmen an, der Mörder oder die Mörderin hat sie verloren.« Ich lehnte mich zurück und schaute Nina ins Gesicht.

»Keine Ahnung, was du damit meinst«, sagte sie und steckte sich eine neue Zigarette in ihre Spitze. Sie war aus blutrotem Kunststoff.

Ein Tip für Freunde guter Krimis ...

Kurt Bracharz

Pappkameraden

160 Seiten, Hardcover mit Schutzumschlag

ISBN 3-216-30123-0

Adrian, Wanda und Marius sind ein schräges Detektiv-Trio, das sich unkonventioneller Methoden bedient. Ein neuer Auftrag bringt die drei – und vor allem Adrian – auf Touren: Der stadtbekannte Baulöwe Künzl läßt seine Tochter suchen, die sich angeblich in obskuren tantrischen Zirkeln aufhält.

Es geht zu wie in einem Krimiklassiker: Alles dreht sich um eine schöne Frau, einen undurchsichtigen Exoten und eine geheimnisvolle Drohung. Nur die Detektive wollen nicht so recht ins Klischee passen: »... eine Lesbe, ein Infantiler und ein Narziß – ein prächtiges Trio«, so wird das Team von einem Freund charakterisiert, der es eigentlich wissen sollte. Adrian selbst, ein Relikt der 68er Generation, sieht sich als Borderline-Fall: »Ich sehe die Welt als eine Art Kulisse, und die Leute drin als Statisten ... Die Männer sind bloß Pappkameraden, und die Frauen erreichen auch nur selten Dreidimensionalität.«

Ob Tantra daran etwas ändern kann?

»Bracharz beweist, daß sich auch ein Kriminalroman zu Gesellschaftskritik und differenzierter Menschendarstellung eignet.«

Ditta Rudle, Wirtschaftswoche

Kurt Bracharz

Die grüne Stunde

276 Seiten, Hardcover mit Schutzumschlag

ISBN 3-85463-123-5

Vorarlbergs Landeshauptstadt Bregenz, im deutschschweizerisch-österreichischen Grenzgebiet gelegen, ist Schauplatz eines rätselhaften Doppelmordes. Zwei junge Frauen, Mitglieder der *Zeugen Jehovas* werden bei einem *Predigtdienst* – so heißen die regelmäßigen Hausbesuche zur Rekrutierung neuer Sektenmitglieder – von einem Unbekannten erschlagen.
Ein Motiv ist weit und breit nicht zu erkennen. Major Michael Jäger von der Kriminalabteilung des Landesgendarmeriekommandos übernimmt den Fall, obwohl er gerade seinen Urlaub begonnen hat.
Jäger ist ein Mann mit unauffälliger Lebensweise, doch persönlich hat er Probleme: mit den Frauen (er hat viele, aber mit keiner hält er es lange aus), mit dem Alkohol (sein Lieblingsschnaps, der Absinth, ist illegal), mit seiner Leidenschaft, der Malerei (seine Bilder sehen immer wie die von Francis Bacon aus). Während Jäger damit beschäftigt ist, brauchbare Theorien für die Tat zu entwerfen, geschehen weitere Morde.

»Die Gefahrenzonen und die Schäbigkeit des Lebens führt der Autor in harten Szenen vor Augen. Die kurzen Sätze, grellen Bilder, knappen, scharfen, oft zynischen und vulgären Dialoge machen mit verschiedenen Milieus und Mentalitäten bekannt.«
Eva Haldimann, Neue Zürcher Zeitung

Kurt Bracharz

COWBOY JOE

218 Seiten, Hardcover mit Schutzumschlag

ISBN 3-216-30066-8

Schon aus der »Grünen Stunde«, dem ersten Bracharz-Krimi in dieser Reihe, kennt der Leser den Major Jäger, einen kühlen, sarkastischen Beamten von höchster Professionalität. Im vorliegenden Krimi wirkt Jäger mehr im Hintergrund, es ist »Cowboy Joe«, der in der Hauptsache die Handlung bestreitet. »Cowboy Joe« ist der hämische Spitzname für den Revierinspektor Johann Natter, einen kleinen Dorfpolizisten. Natter war es einmal mißlungen, eine auf der Straße verendende Kuh, ein tierisches Verkehrshindernis, mit einem Schuß zu töten. Natter schoß dreimal, und diese Stümperei trug ihm in der Lokalpresse den Spitznamen »Cowboy Joe« ein. Den behält er auch, als er, auf eigenen Wunsch, in der Stadt als Kriminalbeamter arbeitet. Jetzt kommt er ans richtige Verbrechen ran, und siehe da, der pedantische, kleinliche Dorfpolizist erlebt eine außerordentliche Wandlung. Er verstrickt sich in geheimnisvolle Ränke und verliebt sich in ebenso geheimnisvolle Frauen. Gibt es da noch eine Chance für einen »Cowboy Joe«, heil davonzukommen?

»Bracharz hat seinen Willeford gelesen und seinen Ellroy: An ersteren erinnert die Sparsamkeit im Umgang mit handelnden Personen, die Trockenheit ihres Innenlebens und die Selbstverständlichkeit, mit der Dinge einfach passieren.«

Doris Knecht, Falter

Deuticke

Umschlaggestaltung: Robert Hollinger
Umschlagfoto: Günter Menzl
Druck: Wiener Verlag, Himberg bei Wien
Printed in Austria

ISBN 3-216-30131-1